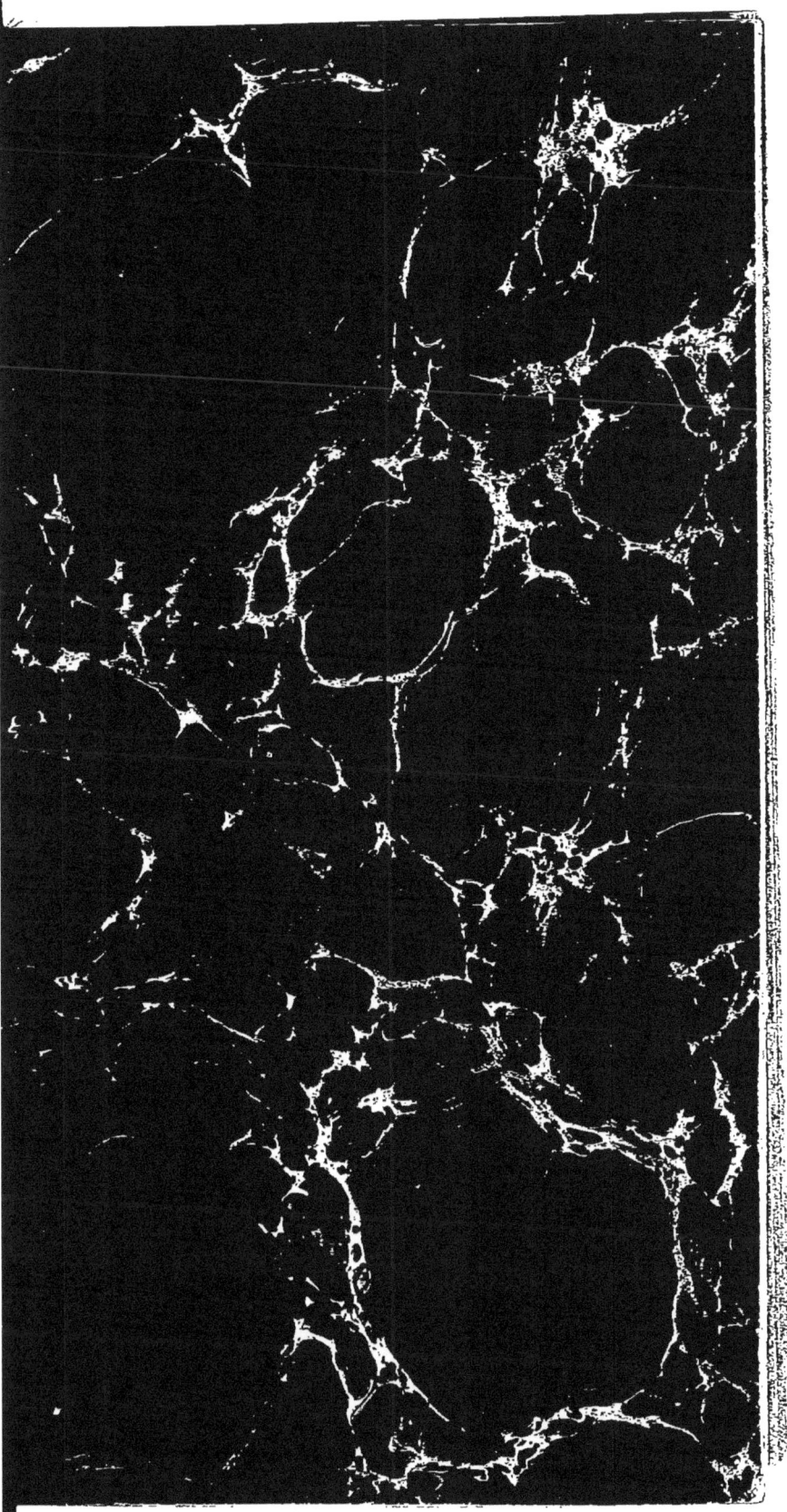

ŒUVRES

DE

Léon Cladel

IL A ÉTÉ TIRÉ DE CE LIVRE :

25 exemplaires sur papier de Hollande.
20 — sur papier de Chine.

Tous ces exemplaires sont numérotés et paraphés
par l'éditeur

ŒUVRES

DE

Léon Cladel

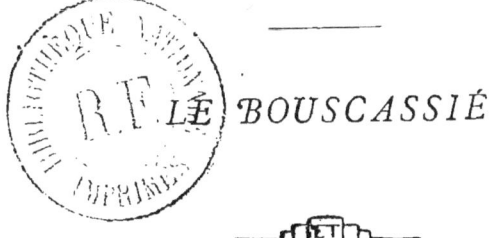

LE BOUSCASSIÉ

FAC ET SPERA

PARIS

ALPHONSE LEMERRE, ÉDITEUR

27-31, PASSAGE CHOISEUL, 27-31

M D CCC LXXXI

Je date, à ce qu'il paraît, de ce livre, où j'ai trouvé, dit-on, une « manière » ; en le relisant après seize ou dix-sept ans de travaux forcés (l'écrivain consciencieux, qui doit vivre de sa plume, n'est-il pas un forçat et le plus excédé de tous ?) je me suis rappelé ma libre jeunesse et, fort attendri, j'ai pleuré de vraies larmes sur mes auteurs à jamais disparus.

L. CL.

Sèvres, 1er novembre 1880.

A

Pierre CLADEL,

MON PÈRE;

A

Jeanne-Rose MONTASTRUC,

MA MÈRE:

Parents, je vous dédie ce livre
écrit, entre vous deux, sous le toit familial.

Léon-Alpinien CLADEL

Paris, 1er mai 1869.

LE

BOUSCASSIÈ

'IL est des chrétiens qui naissent tout vêtus, comme on dit en Quercy, *le bouscassiè* (bûcheron habitant les bois) ne fut certes pas du nombre. En 1845, des vendangeurs l'ayant trouvé sous une souche, nu comme un ver et venant d'éclore, le portèrent incontinent chez le curé du lieu. Bien que la recherche de la paternité fût interdite alors comme elle l'est aujourd'hui, ce recteur fit, à ce sujet, une enquête des plus minutieuses et qui n'aboutit point. Après maint et maint discours en l'air et force démarches

en tous sens, on avança trois ou quatre hypo-
thèses et l'on finit par admettre la dernière et
la plus vraisemblable : quelque fille des environs, jalouse d'anéantir la preuve de ses amours
clandestines, avait sans doute, à peine délivrée,
abandonné l'enfant. Encore humide de rosée et
tout couvert de terre, il fut baptisé sans re-
tard, afin qu'en cas de mort il pût se présenter
en l'autre monde plus décemment qu'il ne l'a-
vait fait en celui-ci. Comme il avait été relevé
le jour de la fête et sur la paroisse de Saint-
Guillaume-le-Tambourineur, on l'appela Guillaume ; et plus tard, pour le distinguer de ses
divers homonymes, les paysans de la localité
l'intitulèrent Inot, du nom même d'une veuve
décédée sans progéniture, et à laquelle appartenait la vigne où, par un soir pluvieux d'automne, il avait été ramassé plus mort que vif.
« Avant peu, nous ne l'aurons plus, » avaient
pronostiqué, le voyant prêt à rendre l'âme, ceux
qui l'avaient recueilli ; c'est un ange ! et ses
pareils ne s'aiment que dans les nues, il s'envo-
lera ! » Mais à peine ondoyé, le nouveau catholique, né sournois sans doute, n'eut plus l'air
de vouloir s'en aller là-haut et dès lors s'im-
planta ici-bas avec une opiniâtreté d'orphelin.
N'ayant pour toute fortune que ses émoluments
de fonctionnaire ecclésiastique et les légumes
du potager confinant au presbytère, le desser-

vant, après avoir nourri durant quelques mois
le marmot à la fiole, tantôt avec du lait de
vache et tantôt avec du lait de chèvre, parla
tout à coup de le transporter à l'hôpital de
Moissac : « A la longue, disait-il, il achève-
rait de boire toutes mes messes et me mangerait, toutes crues, et l'aube et l'étole. » Oyant
par hasard ce propos, un tailleur de pierres
qui réparait l'architrave de l'église paroissiale affirma que, si l'on voulait lui confier
cette « vermine », il s'en chargerait avec beaucoup de plaisir et la garderait tant qu'elle aurait envie et besoin de sucer. Attention ! il y
avait eu moins de piété que de calcul en cette
proposition, et celui qui l'avait énoncée était
un malin. Il possédait une belle gardienne
quadrupède dont la portée était morte et que
le lait tracassait à tel point qu'on avait dû,
pour la soulager, lui mettre un collier de bou-
chons de liége : « et si cela ne suffit point à la
guérir, avait prononcé quelqu'oracle, il n'y a
pas d'autre moyen de la sauver que de la traire
abondamment et d'heure en heure, matin et
soir. » Ayant donc emporté le petit que, pour
dire vrai, le prêtre avait béni de grand cœur, le
fantasque calculateur s'avisa de tenter aussitôt
cette très singulière expérience : une chienne
allaitant et faisant vivre un enfant, et le nourrisson sauvegardant la nourrice en la tétant.

Or, l'aventure réussit à merveille : la mâtine
se tira d'affaire, et le poupard, gros et gras et
turbulent, grommela bientôt comme un jeune
dogue. En vérité, la chose était surnaturelle et
valait qu'on la propageât. On n'eut garde d'y
manquer ; on clabauda si fort que le *Courrier
de Tarn-et-Garonne* consigna le fait et y reconnut la main de Dieu ; les facultés crièrent
à l'impossible et les thaumaturges au miracle ;
NN. SS. les évêques de Cahors et de Montauban, et S. E. le cardinal-archevêque de Tou-
louse lui-même en écrivirent au pape, et S. S.
Pie IX, récemment élu, réunit le Sacré-Collège,
où il fut sérieusement question de canoniser
le bienheureux Guillaume - le - Tambourineur,
qui devait bien être pour quelque chose dans
le prodige. Et, tandis que la rumeur allait grandissant et faisait le tour du monde, grâce aux
clairons de la presse ultramontaine, le môme
qui n'en pouvait mais s'acharnait à la mamelle
et croissait dans son coin. Ayant délaissé le
marteau pour la charrue, son premier outil,
l'ouvrier de campagne, qui trouvait de plus en
plus aimable la « petite cagne », s'en amouracha
si bien que, même après l'avoir sevrée, il résolut de ne point s'en séparer encore. Par instinct,
sans doute, elle redoubla de gentillesse, la
finaude ! Avisée et bien avisée, elle courait dans
les jambes de son maître, s'y frôlait avec des

cris inarticulés et doux, s'exprimant au mieux, car n'ayant que très rarement entendu la voix humaine, elle n'avait aucunement appris à parler.

Il avait trois ans, Guillaume, et ne savait pas dire : papa, maman, ces deux mots si gentils et si tendres, les premiers qui sortent du berceau. Barbotant dans la mare avec les canards et les oies, rampant sous les vaches pensives devant la crèche, fréquentant les congénères de celle qui l'avait allaité, tantôt marchant à quatre pattes comme sa mère nourrice, et tantôt sur deux avec des allures de volaille, il se dirigeait à l'instar de ses compagnons qu'il avait pris pour modèles. Il mangeait à la manière canine, accroupi sur le ventre, grognant. Il hennissait comme le cheval et ricanait comme l'âne. Il se désaltérait à l'auge, ainsi que les porcs. Ses regards étaient parfois énigmatiques et graves comme ceux du bœuf, et parfois perfides et phosphorescents comme ceux du chat. Il savait bondir, grimper, ramper, montrer la griffe, découvrir la dent, soulever la croupe. Il digérait le foin et la paille aussi bien que le pain. Il avait peur de l'homme. Il redoutait la nuit. Il aimait le grand air et le soleil, l'enfant trouvé. Ses tribulations, hélas ! étaient loin d'être finies. Un beau matin, l'ancien tailleur de pierres, malade, ne se leva point. En vrai fils du Quercy qu'il était, il n'appela ni le mé-

decin ni l'apothicaire, et se laissa ronger par
la fièvre, claquemuré dans sa cabane, espérant
toujours que le mal passerait... Ils passèrent
ensemble. Le cadavre, qui partout attire les
corbeaux, amorça les héritiers. Ils accoururent
en foule et de toutes parts. En un clin d'œil
la maison fut mise à sac. Qui s'empara des
veaux, qui du cochon, qui du baudet, qui de
la chienne de garde, qui des meubles, qui des
provisions, qui des ustensiles du défunt ; un
retardataire enleva la toiture, un autre abattit la
moitié de la bâtisse et s'en appropria le moel-
lon ; au dernier la palme ! il voulut, mais ne
put emporter le terrain : en somme, chacun se
fit arbitre de ses prétentions, en attendant que,
selon la règle, le tribunal de l'arrondissement
se mît enfin de la partie et prononçât le droit.
Il est clair que personne ne consentît à se
grever du garçonnet. On lui permit de s'arranger à sa guise avec les araignées, les cloportes
et les rats, ensuite on le laissa seul entre
les quatre murs à nu de la chaumière décou-
ronnée. La faim l'en fit sortir. Alors il subsista
tant bien que mal, battant les campagnes, errant, recevant de loin en loin un morceau de
pain, se repaissant de fruits, de racines et de
cèpes qu'il ramassait sur son passage, couchant
à la belle étoile, abandonné, solitaire et farouche.

Cependant ni ses trouvailles ni la charité

publique ne lui fournissant pas assez d'ali-
ments, il se réfugia chez un vieux taupier qui
parfois lui avait donné l'hospitalité dans sa
hutte, et celui-ci, toujours cordial, lui enseigna
la manière de tendre les piéges et d'y prendre
éperviers, furets, belettes, taupes, fouines, fau-
cons, loutres, buses, chouettes et renards. En
quelques leçons l'élève apprit tout ce que savait son maître et puis il pratiqua pour son
propre compte. On le vit bientôt après se pa-
vanant à travers hameaux et villages : il agitait
constamment une perche où pendaient les dé-
pouilles de plusieurs sortes de bêtes à bon droit
considérées comme très nuisibles, malfaisantes
entre toutes, et soufflait, rose et joufflu, dans
une petite trompe d'argile qu'il portait en bandoulière avec un fer de sarcloir et des pipeaux.
Accommodé de cette façon, il n'avait qu'à se
présenter, sa chasse à la main, au seuil des
métairies et des chaumières, il était immédiatement payé de sa peine en nature, — œufs,
blé, maïs ou légumes — un us immémorial
exigeant que quiconque a, dans le pays, détruit un ou plusieurs animaux ravageurs, re-
çoive de chaque maison en particulier une
redevance proportionnée à l'importance de la
proie ; ainsi, par exemple : un œuf pour une
taupe ; deux œufs pour une belette ; trois œufs
ou un boisseau de maïs pour un furet ; idem

pour une chouette ; une douzaine d'œufs ou
deux boisseaux de mil, ou bien encore un boisseau de blé pour une fouine ; une poule pon-
deuse ou un cinquième d'hectolitre de fro-
ment, de seigle, d'avoine ou de vesces pour la
loutre et l'épervier ; enfin, soit une belle paire
de coqs ou de chapons au choix, soit un demi-
sac de haricots ou de fèves pour la buse, le re-
nard et l'autour. A ce métier-là, le vagabond
s'entretenait tout l'été. L'hiver venu, nouvelle
industrie. Il gardait pour un chevrier des environs un troupeau de chèvres, et certes, à le
voir agir au milieu d'elles, aux bouches des ravins et sur les flancs des collines, il eût été
difficile de dire lequel des deux était le plus
vif et le plus effronté, de lui ou du bouc.

Quelque précaire que fût son existence, il se
développa néanmoins, et si bien qu'à peine âgé
de huit ans, on lui en eût supposé treize. « Inot se
muscle et devient joli comme une fleur, » disaient
les campagnards qui le regardaient passer avec
ses grands yeux bruns effarés, agile comme un
chevreuil et vêtu d'une peau de mouton dont
une couturière compatissante lui avait confec-
tionné une veste et des culottes. En cet équi-
page, il avait l'air d'un bélier à tête humaine
et troublait beaucoup les dévotes du pays, qui
l'appelaient « Ouaille du diable ! » et faisaient
à son aspect le signe de la croix.

Effrayer les gens, lui !

Par un gros temps d'orage, un maçon de Martignolles l'aperçut pleurant et tremblant sous une meule de chaume.

— Hé ! le tout petit, qu'as-tu ? lui demanda-t-il avec pitié.

Le pauvret étendit ses mains et montra le ciel. Il avait peur du tonnerre.

— Où donc travailles-tu maintenant, pécaïre, Inoutet ?

Il haussa les épaules à droite, à gauche, en tous sens, et fit enfin comprendre en s'agitant ainsi que, pour le moment, il n'avait pas d'occupation et souffrait la faim.

Le gaillard ayant besoin d'un manœuvre l'emmena sur-le-champ, et le même jour il lui mit une truelle entre les mains.

Au bout d'un mois, son auxiliaire gâchait admirablement bien le mortier et promettait de devenir un bâtisseur hors ligne. Il devait cependant en être autrement. Tout à coup sa vocation parla ; quelle parole ! Un certain soir qu'il broyait de la glaise à la lisière d'un bois, il aperçut deux scieurs de long, l'un dominant un tronc d'arbre posé sur une chèvre très haute, l'autre en bas, sur le sol, et tous les deux à la fois poussaient à qui mieux mieux une énorme scie luisant au soleil comme un miroir. Ouvrant de grands yeux en présence de cette machine inconnue et si grande et si jolie, le mignon eut son premier désir, absolu, tyrannique, immodéré comme tous les désirs des enfants, il eut envie de toucher à cette éblouissante lame qui tour à tour montait et descendait.

— Veux-tu apprendre l'état ? lui demandèrent en plaisantant les ouvriers qui lisaient clairement dans ses prunelles.

— Oh ! oui ! répondit-il tout de suite en rougissant de plaisir.

Il avait les larmes aux yeux et, confus, tirait la langue.

Ses interlocuteurs se mirent à rire, et le plus âgé des deux dit en lui prenant l'oreille :

— Nous verrons ça, si tu es sage.

La besogne faite, ils s'en allèrent, emportant leur bagage.

Inot suivit l'outil.

Le lendemain, il graissait la scie ; six mois après, il en aiguisait les dents avec une lime ; au bout de l'an, il en jouait. Tant que dura l'exploitation du bouquet de chênes qu'ils avaient entreprise, les patrons firent rendre en travail à leur apprenti la soupe et la science qu'ils lui donnaient ; aussi, quand ils quittèrent la région pour aller opérer ailleurs, celui-ci n'avait plus rien à leur envier ; il maniait aussi bien qu'eux-mêmes les chevrons et les troncs d'arbres ; il connaissait à fond l'exercice du cric et de la hache ; il savait le métier. Extraordinairement robuste pour son âge, il suppléait, par son adresse, à la force qui lui manquait encore pour les gros œuvres. A peine chôma-t-il huit jours après le départ de ses maîtres, les scieurs de long. Il servit, après ce laps de temps, moyennant vingt sous par mois et la nourriture, un riverain du Lemboux qui défrichait une sapinière.

Ah ! la première pièce de monnaie qu'il reçut en payement de son travail faillit le rendre fou de joie : il l'envoyait en l'air, la faisait rouler à terre, se précipitait sur elle comme un chat, la mettait dans sa bouche, la crachait et l'exposait au soleil ; il en avait peur alors et s'empressait de l'enfouir : après quoi, furtif, il grimpait aux arbres avec la vélocité d'un écureuil et se perdait dans le feuillage de leurs ramures avec des cris de bonheur inouïs. A la vérité, s'il se comporta fort étrangement en cette occasion, il avait, d'ailleurs, en toute circonstance et quoi qu'il fît, des allures si singulières qu'elles frappaient d'étonnement et d'une certaine inquiétude tous ceux qui, par hasard, en étaient témoins et le faisaient fuir des gens même de sa profession. En forêt, toutefois, il frayait avec quelques bûcherons qui lui apprirent définitivement à parler, car il pratiquait encore le grognement beaucoup

plus que la parole. Heureux d'apprendre, il
questionnait avec avidité tout le monde sur
tout, à propos de tout. Aussi, bientôt en sut-il
assez pour désirer et se créer un gîte. Ingé-
nieux comme un mohican, il se construisit, avec
un peu de glaise et des branchages, une hutte
sur un massif communal qu'on appelait la Crête
des Chênes ; et c'est là qu'il se blottit dès que
son engagement fut expiré.

Quelques idées lui étaient venues, il commençait à penser un peu.

Vivre libre en travaillant ici, là, partout, au
jour le jour, lui parut préférable à rester en
condition. Il avait sa cognée, elle le sustentait
et cela le rendait fier. Le pain qu'il avait di-
géré chez les autres lui avait été toujours amer
et dur. Il trouva délicieux celui qu'il mangea
dans sa cabane. Orphelin, il aimait instincti-
vement et de toutes ses forces l'indépendance,
comme il eût aimé sa mère. L'espace était sa
propriété, le ciel son toit, la forêt sa niche, les
arbres étaient ses frères. Oh ! les arbres ! il éprouvait on ne sait quelle compassion, on ne sait
quelle terreur, quand ils tombaient sous sa
hache, et plus d'une fois, saisi d'épouvante, il
s'était enfui, loin d'eux, échevelé. Leurs branches
et leurs troncs lui parlaient, disait-il ; ils se
plaignaient de ce qu'il leur faisait du mal ; il
les avait bien entendus crier, il les avait bien

vus saigner sous le fer, les pauvres ! On ne
put jamais le ranger à la raison, il ne voulut
plus en frapper un seul autour de lui. Ceux
des autres bois, passe encore ! ils n'étaient pas
de sa famille, et d'ailleurs, s'ils se lamentaient,
il cognait plus fort pour ne les entendre point.

Indomptable à la peine et toujours satisfait
du salaire, il ne manquait jamais d'ouvrage.
On savait et l'on répétait à La Française, comme
à Lauzerte, qu'en trente coups de merlin il
abattait un chêne centenaire ; aussi l'employait-
on de préférence à tout autre et sa réputation
lui valait-elle déjà l'inimitié des gens du métier, qui ne le désignaient entre eux que par
ce mot de cruel mépris : « *Poupo-canios* (tète
les chiennes) ! » En plus d'une occasion, il avait
déjà reçu cette injure à bout portant, mais soit
qu'il ne l'eût pas comprise, soit qu'il eût dé-
daigné d'y répondre, il ne l'avait point relevée. Impunis, les railleurs redoublèrent d'inso-
lence. Une après-midi qu'abrité du soleil, il
faisait sa méridienne, étendu sur l'herbe d'un
tertre, à l'ombre d'un troène, une bande de mauvais plaisants s'en vint à passer sous bois :

— Hé ! tombé du ciel ! Ohé ! pacant issu de
chienne huguenote. Hé ! Né sous un chou ! lui
cria l'un d'eux ; ohé ! nous savons que ta gueuse
de mère galope et jappe ; apprends-nous comment marche ton père et ce qu'il est.

A cette attaque, Inot se leva très tranquille
et répondit sans la moindre colère à celui qui
l'avait si grossièrement insulté :

— Bûcheron à qui je n'ai jamais rien fait, si
tu veux t'amuser à mes dépens et me donner
à souffrir, je te ferai baiser ma mère à ton
corps défendant et connaître aussi mon père,
qui te contraindra vite à baisser les yeux.

— Ton père ! tu veux dire, bâtard, tes pères
qui courent à quatre pattes et la queue en trom-
pette, à travers le pays.

Il devint tout pâle et sauta d'un seul bond
sur l'agresseur qui roula sous le choc ; ensuite
saisissant celui qu'il venait de terrasser, il lui
colla la face contre terre, et pesant de tout
son poids, il lui criait : « Tiens ! embrasse et
mords ma mère ! » Et quand le patient eut la
bouche pleine de sable et de gazon, il le retourna sur le dos, et l'écrasant d'une main, lui
dilatant de l'autre les paupières, et le tenant
immobile et châtié sous les rayons du soleil,
il lui dit en présence des autres farauds qui
n'osaient point intervenir : « Regarde mon
père, à présent ! »

Cette leçon exemplaire, infligée au turlupin
le plus venimeux et le plus solide des environs,
arrêta les langues comme par enchantement ;
et désormais Guillaume, qui venait de finir
ses dix-huit ans, vécut sans être ouvertement

en butte aux injures des jaloux et des méchants. Encore qu'il eût appris de la vie tout
ce qu'en savaient ses semblables, les fores-
tiers, à peu près tout ce qu'on en sait aux
champs, il avait non seulement conservé la
sauvagerie de ses allures, mais ses goûts natifs
s'étaient encore accrus. Aux hommes, il préférait toujours les choses et les bêtes qui ne lui
avaient jamais été cruelles, et si, quand on lui
parlait, il avait souvent l'air distrait, en revanche, il écoutait attentivement durant de longues heures les mugissements des bœufs, la
voix de l'âne et celle du cheval, le clairon du
coq et les abois du chien, la musique des oiseaux
et la chanson des sources, les murmures des
arbres et des blés, le souffle du vent et tous
les bruits et toutes les rumeurs de la campagne.

Initié, dès son plus bas âge, à leur commerce
et partant à leur langage, il comprenait sans
doute à merveille ce que se disaient les animaux, car, en les épiant, il riait parfois aux
larmes et parfois pleurait tout de bon, aussi.

« Sourds que vous êtes, dit-il un jour à des
terrassiers qui lui demandaient pourquoi il
était chagrin et préoccupé, n'entendez-vous pas
là-bas, au fond du val, cette brebis qui bêle et
réclame son agneau qu'on lui a pris et tué ? »

Les journaliers échangèrent un coup d'œil
et se mirent à rire tous ensemble.

Il fronça le sourcil et ne reprit sa besogne interrompue que lorsqu'il n'entendit plus l'ouaille bêler et gémir en la vallée.

Oui, certes, il aimait les bêtes.

A quelques jours de là, se trouvant en basse plaine moissagaise, dans une famille de métayers qui l'avaient loué pour qu'il défonçât un terrain où rampaient une épaisse vigne-vierge et d'autres végétations sarmenteuses, il éprouva chez eux la première grande émotion qu'il ait eue de sa vie en voyant mourir un vieil âne gris, qui, d'après beaucoup de gens de la contrée, avait toujours bien rempli son devoir et n'avait jamais, hélas! mangé tout son soûl.

Le pauvre ase !...

Étendu de tout son long sur sa litière infecte et les quatre fers en l'air, il regardait tristement les traverses du râtelier où pendaient quelques chardons et des brindilles de foin. Ses yeux pleins de larmes témoignaient qu'il souffrait beaucoup et quelque chose de plus encore ; ils criaient... ils disaient qu'il ne voulait pas mourir. Aussi rigide qu'un pan de pierre et tout plaintif il respirait bruyamment ; à de longs intervalles ses flancs jouaient comme un soufflet de forge ; humides, ses naseaux se dilataient et se resserraient alternativement et douloureusement. Toute la famille l'entourait : l'aïeul, ne le perdant pas de vue, appuyé sur

une tige de houx, taciturne ; le fils de la maison, lui préparant dans une auge un breuvage
de vinaigre et de son ; la bru, lui bouchonnant
avec de la paille le dessous du ventre où, les
poils, un peu moins rares et plus argentés là
que sur le dos dont le cuir était usé jusqu'à
la chair et jusqu'à l'âme par le bât et le bâton,
suintaient tout grumelés, hérissés et froids ;
les enfants, un garçon de neuf à dix ans,
s'amusant à lui mordiller méchamment les
oreilles ; une fillette, lui tenant la queue haut
levée et, souriante, examinant comment était
fait l'*âne*.

Inot, debout, accoudé sur sa cognée, écoutait et regardait.

Accroupi sur le seuil de l'étable, le museau au
ras du sol, un grand chien velu des Pyrénées
semblait comprendre ce qui se passait autour
de lui ; parfois il levait sa tête inquiète, et lu-
gubrement il grommelait. L'âne toussa, reni-
fla, péta. Puis, ayant poussé un profond soupir, il battit des jambes et son œil s'agrandit.
Dans ses prunelles lumineuses vinrent se réfléchir les arbres qui bordaient la mare, en face
de l'étable, et les feux de l'horizon lointain. Il
expirait... En ce moment même, on entendit
au dehors un cheval qui allait l'amble et bientôt après le curé de Saint-Paul d'Espis apparut au milieu de la route, monté sur son double

bidet de Gascogne. Ayant mis pied à terre et
donné un coup de pied au chien qui barrait le
passage, il entra dans l'écurie. Agreste, trapu, ra-
boteux et brutal, l'abbé ! Dédaigneux du chapeau
romain, il portait l'antique tricorne et, à la
place des bas noirs rejoignant la culotte de ba-
sin au-dessus des genoux et des doux souliers
de castor à boucle de métal, en usage encore, il
avait, lui, de lourds brodequins de vache archi-
ferrés, une paire de bas bleus de laine au-dessous de guêtres de camelot, et brochant sur le
tout, l'ignoble pantalon laïque. Sous sa soutane, ouverte de haut en bas, on voyait un
gilet à boutons de corne, et dans le gousset de
son pantalon de cuir-laine, une grosse montre
d'argent avec une courte pipe, en terre, culot-
tée. Ayant relevé jusqu'au coude les manches
de son habit, il s'agenouilla sur la litière,
ensuite, prenant entre ses mains la tête de l'âne
à demi mort, il dit, sérieux :

— Écoutez, si Celui d'en haut le veut, la bête
guérira, mais, sans coïonner, je crois bien
qu'elle a trop pâti...

La famille entière éleva les bras au ciel et le
vieux murmura :

— Notre pauvre, pauvre bourriquet !...

On perçut un sanglot. Tout le monde détourna la tête et l'on vit alors l'étranger affligé qui
pleurait à genoux et répétait à chaque instant :

— Aïe !... Aïe !

Il faisait un soir superbe. Au moment de
s'éteindre, le soleil resplendit souvent avec plus
d'éclat que jamais ; il en était ainsi ce jour-là :
les cépées, les prairies, les vallons, les coteaux
aux grands arbres encore chevelus et teints de
rouille par l'automne, s'enlevaient tout en noir
dans les flammes du couchant. Au pied d'un
mamelon de marne aux couches imbriquées,
une petite rivière dont les berges s'allongeaient
pareilles à des talus d'or et de cristal réverbé-
rait les cieux embrasés, les cieux immenses.
Se précipitant au versant de la colline, inégal
et tortueux, un bois de châtaigniers, au milieu
des gloires solaires, s'amalgamait si bien avec le
firmament qu'il semblait en faire partie. A l'opposite, vers l'Orient, les ombres encore timides
descendaient lentement sur la terre l'envelop-
pant d'une sorte de manteau de gaze, et l'on
apercevait quelquefois derrière la vapeur, entre
deux nuages, furtives et blanches, les cornes
recourbées de la lune. En bas, au loin, dans
la campagne, bourdonnaient sans cesse des rumeurs vagues, et parmi ces rumeurs on distinguait tout à coup des piétinements à travers
les halliers, des hennissements de chevaux, des
cliquetis de grelots, le chant des coqs, les
roulades du rossignol, les cloches des paroisses
circonvoisines sonnant l'*Angelus*, des mélopées

traînantes récitées par les bouviers qui rega-
gnaient chacun leur gîte, des coups de fouet,
des jurons, le grincement de mille roues sur le
gravier des routes, et par-dessus tout cela, l'on
ne peut dire quel bruissement infini venu des
airs, des gorges, des monts, des forêts, du ciel,
de la terre et des eaux, on ne sait d'où, le
verbe de la grande nature peut-être?

Celui qui allait finir, l'âne, tremblait de tous
ses membres ; ses veines et ses artères s'écar-
tant en réseau saillaient engorgées et dures au
long de tout son corps ; ses sabots emplis de
fumier et de boue retombaient sur ses boulets
inertes ; sa langue déjetée passait entre ses
dents jaunes et usées ; ses gencives étaient
blanches, ses naseaux morveux, son oreille
énervée, son œil éteint : tout en lui se mourait.
Sous sa peau tendue à se rompre, on lisait les
muscles, les os, les nerfs, les vertèbres ; on suivait des yeux tout le squelette. Il râlait. Deux
fois encore il considéra la crèche, deux fois il
eut l'air de sourire, et son sourire disait :
Merci ! Il rendait l'âme...

Soudainement, dans le pré, de l'autre côté de
la route, en face de l'étable, éclatèrent des cris
de bestiaux qu'on menait boire : les bœufs, les
taureaux, les moutons, les chèvres, les chevaux,
les mules, les vaches, les génisses, les porcs, se
répondaient joyeux en se vautrant sur l'herbe,

et les canards et les oies épeurés allaient en troupes, cancanant et trompetant, et les chiens pasteurs aboyaient.

Un hennissement subit et prolongé déchira les airs et domina pendant un instant les clameurs diverses. Les oreilles de l'agonisant déjà roidi frissonnèrent et se dressèrent toutes droites. Il avait reconnu la voix d'une vieille jument poulinière arrivée en même temps que lui à la ferme, il y avait de cela plus de vingt ans. Elle hennit de nouveau. L'âne, alors, se soulevant à demi sur ses genoux, regarda d'un œil vitreux, comme s'il pouvait le voir encore, le pré plein de soleil où quelquefois, trop rarement, on lui avait permis de paître, et, comme s'il eût entendu les appels réitérés de la jument, sa compagne, et qu'il eût voulu lui répondre, il essaya de braire...

— Il était ferré de neuf, fit l'aïeul jusque-là silencieux. Fils, il te faudra lui tirer ses fers et puis tu le pèleras ; sa peau vaut au moins trois écus de six livres.

A ces paroles, le mercenaire, qui n'avait pas encore branlé ni soufflé mot, se plaça devant le grison expiré et dit résolûment :

— Halte-là, gens ! Personne d'ici ou d'ailleurs ne touchera, je vous le jure, pour lui faire encore du mal, à cette bête morte.

4

On n'osa rien répondre au bouscassiè.

Deux heures plus tard un grand trou bâillait sous la crèche de l'étable ; Inot y roula doucement le mort et l'y ensevelit.

Après quoi triste et grave il revint en forêt. Et, loin de sourire aux clartés de la nuit, ainsi qu'il souriait au soleil en se rendant dès l'aube du jour à la tâche, il frissonnait ce soir-là, comme la feuille des arbres en retournant au logis et murmurait on ne sait quels mots en regardant les étoiles. On eût dit qu'il psalmodiait une prière.

— Il est « à lunes ! » affirmait-on aux hameaux et dans les campagnes où ses faits et gestes étaient tôt connus de tout le monde, il est un peu fou, mais il n'écraserait pas une fourmi ! c'est un brave, très brave cœur !

En somme, on s'était fait à lui : si d'aucuns le craignaient parce qu'il avait prouvé qu'il savait mettre au pas les rétifs, on l'aimait aussi parce qu'on s'était aperçu maintes fois qu'il était bon. Avait-on embourbé, crac, il arrivait. Était-on gêné de sa présence, une, deux, il trottait déjà loin. Homme, enfant, femme ou vieillard, chien ou chat, il suffisait de lever la patte et de réclamer ainsi ou tout autrement son assistance, il était toujours et partout prêt à donner un coup de main ou d'épaule à quiconque en avait besoin, il appartenait tout

à tous. « Eh, toi ? » « Me voici. » « Là-bas,
ohé ! » « Me voilà ! » Quel cadet aimable et sans
pareil ! Et puis il vous obligeait *gratis* : on ne
pouvait pas être meilleur ; on n'avait jamais vu
sous le ciel un chrétien catholique apostolique
et romain tel que lui ! Chose étrange ! au grand
étonnement de tous, il devint tout à coup ina-
bordable. On le vit refusant toute sorte de travail, s'enfoncer sous bois, s'agenouiller devant
les plantes et les fleurs, leur parler, les cares-
ser et s'étendre sur elles avec des soupirs et
des plaintes. Ce manège qu'on ne savait trop
à quoi attribuer avait pourtant une cause, et
la voici :

Quelque temps avant que ce changement
d'humeur s'opérât en lui, le *birol* (l'étourdi)
besognant sur la rive languedocienne du Tarn,
en face de Sainte-Livrade, entendit subitement
des clameurs d'angoisse et du haut de l'arbre
qu'il émondait, il aperçut sur la berge une
jeune fille poursuivie par un gros chien de
montagne, qui pantelait et marchait, la
queue basse. Rouma, le passeur, debout dans
sa barque, au milieu de la rivière, avait laissé
tomber ses avirons, et criait, appelant au secours d'une voix désespérée.

L'enfant, embarrassée dans les osiers de la
rive, était sur le point d'être atteinte. Inot
déboucha brusquement du bois de Pignerox.

La cognée haute, il courut droit à l'animal, qui, dressé sur son train de derrière, ouvrait une gueule remplie de bave. Intrépide, le bûcheron y précipita le tranchant de sa hache ; alors le monstre s'abattit tout d'une pièce, et son dompteur, lui mettant le pied sur le ventre, l'acheva d'un seul coup de revers.

A ce moment, le passeur abordait à la rive. Aussi blanc que sa chemise, il s'approcha de Guillaume, lui serra les mains sans pouvoir rien dire et le conduisit auprès de la pauvrette, à demi morte de frayeur.

— Embrasse-le, Janille, balbutia-t-il enfin, il t'a sauvée !

Aussitôt, elle accola son libérateur, et toute tremblante encore :

— Brave bouscassiè, je le dis devant mon père, que je vive cent ans et même plus, je n'oublierai point le chien enragé, qui, sans toi, m'aurait mordue.

Ce baiser, ce bon baiser, c'était la première caresse humaine que ce fils de la Nature eût jamais reçue. Il en était saisi à en mourir et consterné comme d'un viol accompli sur sa personne. Anxieux, il frissonnait de tous ses membres sous les yeux de la mignonne qui, l'examinant avec douceur et surprise, semblait le trouver charmant. Et cela se conçoit qu'il parût tel à la fille du passeur.

Plutôt petit que grand, bien fait, autant de force que de souplesse, un peu rugueux, hâlé comme ceux qui vivent au grand air sur les monts, pâle de cette pâleur chaude et bise qu'ont les feuilles du hêtre aux approches de l'automne, chevelu, des traits rudes et mâles avec des mollesses enfantines, imberbe encore et l'air aussi farouche que hardi, c'était un beau gars que Guillaume Inot de la Crête-des-Chênes. Au bois comme au bourg, il allait le plus souvent tête nue et son aimable et longue figure sauvage, sentant la faîne et le gui, apparaissait ainsi tout entière au jour avec ses narines inquiètes, interrogeant sans cesse le vent, et ses lèvres haut retroussées aux coins de sa fraîche bouche entr'ouverte, et ses dents aussi blanches que le lait en leurs gencives si rouges qu'elles semblaient sanglantes, et ses étroites oreilles un peu pointues au sommet et lui prêtant on ne sait quelle apparence indécise de faune ou de jeune loup, desquels il avait d'ailleurs, la couleur de poil et le poil en broussailles. Enchevêtrés, en effet, comme des ronces, ses cheveux brun fauve, où, parmi des brins de mousse et d'écorce de chêne, se promenaient en tous sens des fourmis forestières et des bêtes à bon Dieu, lui ceignaient les tempes et formaient au-dessus de son front à pic une sorte de visière naturelle on ne peut plus touffue et

sous laquelle les claires prunelles jumelles de
ses grands bons yeux châtains, innocents et
fiers, étincelaient et flambaient, au milieu d'une
forêt de cils, ainsi que deux lumignons.

Attirée à lui, Janille le regardait avec un
trouble sans cesse grandissant.

Une espèce de veste grise, serrée aux flancs
par un ceinturon en peau de bique, où s'assu-
jettissaient des annelets de crin et de chanvre ;
des chausses larges et flottantes prises aux
genoux par des jambards de coutil ; des san-
dales de toile à semelle de corde et rubans
rouges de laine, en tous points pareilles à
celles des chasseurs basques ; une gourde en
bandoulière ; un collier de glands encore verts
et de marrons d'Inde en leur enveloppe épi-
neuse autour du cou ; les innombrables et mi-
croscopiques boutons dont était semé son gilet
de bure à revers amarantes ; un baudrier de
joncs auquel, après la besogne et pendant la
marche, il accrochait une foule d'outils et sa
bonne hache célèbre en Bas-Quercy : cet ac-
coutrement assez barbare et fort insolite aux
champs aussi bien qu'en forêt, imprimait on ne
sait quoi d'irrégulier à sa physionomie et con-
tribuait à laisser croire aux gens du pays qu'il
en avait vraiment un petit grain au cerveau.

— Sans-Peur, dit Rouma en lui montrant
dans la verdure un chaume assis au bord de

l'eau, de l'autre côté du Tarn, ma maison est la tienne, il faut que tu me promettes aujourd'hui de nous y visiter, et souvent.

Inot n'aurait pas promis de venir au bac de Sainte-Livrade qu'il y serait tout de même venu. Quelque chose de nouveau, bien nouveau, certes, il ne s'expliquait pas quoi, de fort et de doux, remuait tout au fond de son cœur. Ayant toujours sur la joue le baiser de Janille, il sentait couler en ses veines comme une liqueur abondante et vive, et de ses entrailles montait à sa tête une espèce de bourdonnement qu'il n'avait jamais, jamais entendu.

L'âme ravie, à son retour en forêt, il examinait les arbres, ses vieux amis, qui lui paraissaient cent fois plus grands, cent fois plus beaux. Émerveillé de tout ce qui se présentait à ses yeux, il s'assit, le trouvant riant et superbe, sous un châtaignier ravagé par la foudre et dont les bras noirs et difformes, et les racines à nu lui avaient jusque-là toujours donné d'insurmontables inquiétudes. L'air lui semblait meilleur, la terre plus aimable, le ciel plus serein et plus proche de lui; la nature entière le remplissait de joie : heureux, il riait, il pleurait, et ses larmes augmentaient son ivresse. Au fond d'une gorge, il eut envie de chanter et chanta.

Plus loin, un peu plus loin sur le haut

d'une colline, il se mit à genoux et joignit ses mains, extasié. Dans son extase délicieuse, il lui semblait qu'une grosse boule nageait en sa poitrine et le brûlait en y nageant. Il était heureux, bien heureux, sans en démêler au juste la raison.

Tout à coup, à la vue de sa cabane, il resta les bras ballants, désorienté. Qu'elle était triste et muette et sombre ! Il y entra sans empressement et même avec regret. Presque aussitôt il en ressortit, étonné de n'y plus rencontrer ce charme qu'hier encore il y trouvait et préférait à tout. Que se passait-il donc en lui ? Pourquoi ses mains, en s'appuyant l'une contre l'autre, lui causaient-elles une sensation si pénible et si cruelle ? Il avait froid, il avait chaud, et dans la même seconde. Pourquoi ne pouvait-il tenir en place et pourquoi tremblait-il ? Qu'avait-il enfin ? Inhabile à concevoir sa peine, il s'étendit sur son lit de feuilles sèches, y cherchant en vain le repos.

Au milieu de la nuit, il se leva, le souffle lui manquait ; il était en nage, il crut que son heure était venue et, palpitant, eut peur de la mort à laquelle il n'avait jamais songé. Les ténèbres lui pesaient, il ouvrit la porte de sa hutte et s'assit sur le seuil. Point de lune. Pas une étoile. Agglomérés dans l'ombre noire, les arbres étaient invisibles. On ne dis-

tinguait ni massifs ni clairières. Il frissonnait
de terreur en regardant la terre obscure et le
ciel obscur comme elle. Brisé de fatigue, il
descendit vers l'étang voisin et s'y baigna le
front. A l'aspect de son image réfléchie par les
eaux, il sourit ; il se trouvait plus gracieux et
bien *plus joli* que les autres bûcherons.

Cette découverte le rendit tout aise ; il marcha plus léger dans le bois : il recommençait
à tout voir en beau. Mais une femme qu'il
aperçut de loin, entre les branches, lui causa
de tels saisissements que, pour ne pas tomber,
il dut s'appuyer contre un rouvre. Instantané-
ment il porta la main à sa joue. Sous ses
doigts, il sentit le baiser, le baiser ineffaçable
de Janille. Il comprit alors. Ému plus que jamais, il devina qu'il aimait la bellote et que
seule, elle était la cause de cette émotion opiniâtre et diverse à laquelle il obéissait.

— Elle, se dit-il, elle ! il faut que je la voie !
Aussitôt il s'achemina vers Sainte-Livrade.
Une heure après, il s'arrêtait sur un coteau,
considérant, tout troublé, de petites langues de
fumée qui serpentaient au loin, au-dessus de
la chaumière bénie. Les jambes lui faillirent
au même instant : il ne put avancer ni rétro-
grader et, jusqu'au crépuscule, il se tint à la
même place. A la tombée de la nuit, il se retira, convaincu qu'il n'oserait jamais paraître

5

chez Rouma. Le lendemain, à la pointe de
l'aube, il était à son poste sur l'éminence ; il y
passa de nouveau toute la journée et puis il
en redescendit aussi timide qu'il l'avait été la
veille et bien plus malheureux.

Une quinzaine durant, il hésita sans cesse à
dépasser son observatoire, et le seizième jour,
il se décida spontanément à s'avancer de trois
cents mètres. Autant de distance à franchir
encore. Ne sachant s'y résoudre, il imagina
d'aller à trois lieues en arrière passer la rivière
au pont en fil de fer du Saula, puis de longer
le côté gauche du Tarn jusqu'à Pignerox, et là,
de se cacher dans le bois sis en face de la
maisonnette du passeur, laquelle on distinguait
très bien sur l'autre bord. Il répéta cela tous les
jours pendant un mois, sans se lasser. Un soir
qu'à son ordinaire il guettait au plus épais
d'un fourré, se faisant tout petit caché sous les
ramures de la rive gauche, il vit ou crut voir
enfin « celle qui l'empêchait de dormir », assise
vis-à-vis sur la berge opposée.

Ivre de crainte et de plaisir, il tressaillit
dans le feuillage et rampa vers une touffe de
viornes entrelacés au-dessus de l'eau. C'était
Janille, c'était bien elle. Avec ses yeux d'amoureux, il la reconnaissait à merveille. Elle rac-
commodait des filets et tournait souvent la
tête du côté du Quercy. Ses pendeloques d'or

ardaient au soleil ; elle avait les pieds nus, et
ses cheveux fins et roux comme le poil des
bœufs arrosaient sa camisole ample de cotonnade.

— Oh ! dit-il ébloui, qu'elle est luisante !

Et la buvant des yeux, il était travaillé
d'une foule d'idées aussi folles les unes
que les autres : ainsi, tantôt pour attirer l'attention de la blonde, et lui révéler qu'il
était là, près d'elle, il songeait à se jeter à la
nage, au milieu du Tarn ; tantôt il voulait
pousser un grand cri, puis coup sur coup es-
sayer de traverser la rivière à gué ; tantôt, enfin,
grimper à la cime d'un peuplier émondé fraîchement et se laisser couler de haut en bas au
tronc de l'arbre en produisant le plus de bruit
possible.

Assurément, il n'exécuta rien de tout cela, rien ;
et, loin d'avoir la hardiesse de se démasquer,
il reprit, aussitôt que le soleil fut couché, le
chemin de la Crête des Chênes, furieux contre
lui-même et souffrant de son peu de courage.
Il était désolé. Depuis un grand mois qu'il se
comportait de la sorte, ne mangeant pas, ne
dormant pas et faisant au moins une ving-
taine de lieues par jour, il dépérissait à vue
d'œil. A la longue, un tel régime eût fini par
l'abattre. On lui porta secours, heureusement:
un matin, quelqu'un s'en vint heurter à la
porte de son logis.

« Si c'était elle ! »

Ce n'était point la fille du passeur, c'était le passeur lui-même, en personne, qui se montra tout rayonnant et de neuf habillé.

Le soir même, afin d'honorer Sainte-Livrade, dont c'était la fête, Rouma donnait à souper sur l'eau, dans sa bagarre ; il avait voulu que celui qui l'avait si bien assisté fût du festin. Ni si, ni mais, il fallait que le jouvenceau le suivît, et sur l'heure. A ces mots inattendus Guillaume faillit devenir fou de surprise et de joie : il ôta d'un bahut une veste de bouracan neuve qu'il n'avait pas encore mise et se prit à l'épousseter ; ensuite, il bouleversa de fond en comble son intérieur pour y chercher une cravate écarlate qu'il tenait à la main. Au moment de partir, il se plaignit d'un grand mal à la tête et tenta de rester en forêt. Il ne savait ni ce qu'il disait ni ce qu'il faisait. En route, il commit des gestes baroques, souriant et gémissant en même temps, devenant blême et cramoisi tour à tour. A deux portées de fusil du Tarn, il attrapa l' « inviteur » par le bras, ouvrit la bouche toute grande et ne sut que formuler. Rouma, qui ne semblait pas trop surpris de cette agitation singulière, lui dit très doucement :

— Allons, voyons, conte-moi ton tourment.

Inot montra sa joue.

Le passeur, ému, s'essuya les yeux et lui
serra rudement les mains.

— Saint-Dieu vivant ! n'aie pas peur, garçon, dit-il, viens avec moi sans crainte ! Arrive,
arrive. Elle ne te croquera pas, je t'en réponds,
la doucette.

Quoiqu'il n'eût compris qu'à demi ces paroles, l'amoureux les sentit bonnes et marcha
plus bravement devant soi. La rumeur des
eaux franchissant le barrage du Tarn, augmentait à chacun de ses pas et bientôt il entendit
le tic-tac du moulin de Sainte-Livrade : son
cœur battit à l'unisson.

— Tè ! bouscassièrot, voici la petite ! fit tout
d'un coup Rouma.

Guillaume leva ses yeux qu'il tenait baissés
et vit devant lui Janille qui pâlissait et laquelle
le vit pâlir aussi.

— Ding-dong ! embrassez-vous, les tourte-
reaux, dit le passeur ; et que ça sonne !

Embarrassés autant l'un que l'autre èt rouges
alors comme des guignes, ils s'embrassèrent si
gauchement qu'on les pria de recommencer.

Ils ne purent, les nigauds.

— Ah ! malaisés que vous êtes, on va se *truffer*
de vous, enfants, au festival.

Les fêtes patronales, que l'on chôme en
Quercy religieusement, offrent dans tous les
villages à peu près les mêmes pratiques. On y

chante messe, vêpres et complies, la gaudriole
et le sentiment ; on y mange force victuailles
et l'on y boit non pas de la piquette, mais du
bon vin de futaille tenu en réserve pour l'occasion ; on y danse au son du chalumeau, du
tambour, et quelquefois du serpent, du fifre et
des cymbales ; on s'y cogne, on s'y grise, on s'y
cajole, on y raille, on y braille, on y prend du
plaisir et de la joie le plus possible, car chacun
sait que, le lendemain, il faudra se remettre à
la pioche, à la rame, à la cognée, à la faux, à
la charrue, à l'outil nourricier, quel qu'il soit.

Quoique pauvre, Rouma faisait très bien les
choses, et ses amis, qui ne l'ignoraient pas,
étaient au grand complet. On soupa, comme
de coutume, en bateau, sur le Tarn. Si la
bienheureuse Livrade n'ouït pas les nombreux
toasts qui lui furent portés, elle y mit de la
mauvaise volonté, ou bien elle était dure
d'oreille, en vérité, la bonne sainte ! On en dit
de rouges, on en dit de bleues, on en chanta
de grises et de toutes les couleurs. Enfin, on
s'en donna tant qu'on put s'en donner à la
clarté du soleil ; et puis ensuite on alluma les
flambeaux de résine et la ripaille alla de plus
belle, y compris verbes et romances.

Assis l'un à gauche, l'autre à droite de l'hôte,
les amants étaient en paradis, et Dieu sait tout
ce qu'ils se dirent des yeux, n'osant pas encore

se parler autrement. Il fallait les voir travailler
de la prunelle et soupirer, réciproquement
enivrés de leurs regards. Sans doute, ils se
comprirent à merveille, car au moment de se
séparer, ils paraissaient tous les deux on ne
peut plus contents l'un de l'autre; et tandis
que lui revenait sous bois, en bramant sans
cesse de fins couplets que sa bien-aimée avait
roucoulés, après le repas, elle, bien heureuse et
l'âme pleine d'azur, se couchait auprès de ses
parures, qu'il avait tant admirées, lui. Certes,
ils dormirent très bien, chacun de leur côté,
cette nuit-là et les suivantes. Le dimanche
d'après, le « timide » retourna sans hésiter à
Sainte-Livrade, comme il avait promis. En
approchant du bac, le cœur lui battait bien
encore un peu vite, un peu fort, mais il ne
songeait pas du tout à rebrousser chemin.

Quelle joie! Il avait donc une famille; on
le choyait, on le chérissait : le vieux se fût mis
en quatre pour lui plaire, et la jeunette lui
faisait des mines tout plein engageantes. Oh!
quel bonheur! Il est vrai que la femme de
Rouma, voyant de quoi il s'agissait, fronçait
quelquefois le sourcil : elle avait rêvé, d'après
les suggestions de son frère Fonsagrives, le
plus riche langueyeur de porcs des environs,
elle avait rêvé pour son héritière un parti bien
autre que celui qui se présentait; mais le

maître ayant déclaré qu'il ne contrarierait en
rien le choix de Janille, la Roumanenque,
acariâtre et passionnée, aimant son mari autant
qu'elle le craignait, se garda de trop faire la
grimace et tint la bouche close. Lui-même, le
richard, homme retors s'il en fût, et cependant
facile à subir, ainsi que ses pareils, le virtuel
ascendant d'une nature honnête et forte, ne
tarda pas à céder, sans y prendre garde, à
l'influence de son beau-frère, et parvint à s'accoutumer encore assez vite à l'idée d'un mariage possible entre sa nièce et le bouscassiè.

Bref, les affaires, en somme, marchaient passa-
blement bien, et, pendant qu'elles allaient ainsi,
les prétendus s'aimaient chaque jour davantage
et mieux. Aux champs comme à la ville, pas
de meilleur instituteur que l'amour. Inot, hier
encore presque sauvage, s'ouvrait déjà tout en-
tier aux choses douces de la vie. Une certaine
mollesse de mouvement atténuait ce que son
œil avait gardé de farouche. On ne le voyait
pas, ainsi que jadis, escalader les collines et
courir désordonné sous bois, exhalant on ne
sait quoi d'agressif et de brutal jusque dans ses
attendrissements. A présent, paisible et l'air
débonnaire, il semblait, il était heureux de
vivre. En lui, il y avait, à cette heure, de
l'homme et de l'enfant. Ainsi, par exemple, si
Rouma lui parlait avec la tendresse grave d'un

père, il éprouvait alors des joies espiègles, absolument enfantines et comme des envies de badinage et de jeu ; mais, au contraire, assis seul aux côtés de Janille, il contemplait, sérieux, le soleil et les campagnes, et prenait, à son insu, des poses mâles et sévères, comme en prend machinalement le mari protecteur, tranquille auprès de sa femme.

Ingénus, ayant tous deux l'âme blanche, ils ignoraient tout et ne savaient que s'embrasser, sans y mettre la moindre malice, et ce fut elle qui, la première, eut le pressentiment de l'amour et devina la pudeur. Une fois qu'ils regardaient ensemble des ramiers roucoulant à travers les branches, lui la vit devenir toute rouge, et cela le troubla beaucoup. Il y pensa toute la nuit ; il eut beau vouloir songer à toute autre chose, il n'entrevit que palombes se becquetant. Tout à coup, il se souvint d'un jars avec lequel il jouait dans son enfance, chez le tailleur de pierres, et le jars, blanc comme neige, lui apparut comme jadis, se rengorgeant et trompetant et se mouvant, ailes déployées, au milieu du vivier, parmi les oies.

Bientôt des images de même nature, et plus précises, se représentèrent à foison et très obstinément devant lui : tantôt il se rappelait un joli coq roux empanaché qui, ses plumes d'argent et d'or au vent et la crête en feu,

6

chantait après avoir couvert ses poules, et tantôt il se représentait un grand taureau noir qui,
l'œil plein de flammes et le mufle barbouillé d'é-
cume, enfonçait ses pieds fourchus dans le sol
gras d'un pâturage en faisant onduler sa queue
au-dessus de sa puissante échine, et beuglait
en léchant ses vaches éparses dans la prairie :
à ces souvenirs enivrants et dont, à cette heure,
il s'expliquait peut-être un peu la tyrannie, une
foule d'idées naquirent et se mirent ensuite à
fermenter dans la tête de Guillaume, et le
lendemain, quand il reparut en présence de
Janille, il fut embarrassé comme elle-même
l'avait été la veille.

Autant l'un que l'autre, ils éprouvèrent, à
dater de ce moment, un mélange d'angoisse
et de honte, lorsqu'ils se trouvèrent ensemble
et seuls. On eût ri vraiment de leurs postures.
A peine osaient-ils échanger encore et de
temps en temps une de ces œillades amoureuses
et fraternelles qu'ils se prodiguaient naguère ;
effrayés d'eux-mêmes à présent, ils balbutiaient
avec confusion si leurs yeux, qui se fuyaient et
se cherchaient sans cesse, arrivaient à se rencontrer enfin. Cet embarras réciproque disparut
tôt, il est vrai, mais leur commerce avait déjà
pris un autre tour. Adieu les bonnes embrassades ! Ils ne savaient plus jouer ensemble ni
se prendre avec tendresse quand ils en avaient

envie ; ils sentaient tous les deux également bien que ce n'était plus *la même chose*.

Inquiets, loin d'être toujours d'accord et de respirer côte à côte en silence et les mains jointes, comme autrefois, ils se mutinaient maintenant, se boudaient, se faisaient des niches ; les querelles venaient à propos de rien et partaient de même ; les brouilles suivaient les reproches, qui préparaient les raccommodements, et les raccommodements étaient si doux, ô mon Dieu ! « Pourquoi ceci ? Pourquoi cela ? disaient-ils à l'unisson ou tour à tour. Regarde-moi. Tes yeux sont méchants. Ils sont beaux. Ils sont affreux. Arrive ici. Va-t'en là. Reviens. Je veux que tu te taises. Que tu parles. Et que tu ries. Laid ! Laide ! Qu'il est beau ! Qu'elle est belle ! Petit Guillen ! Petite Janote ! Amie ! Ami ! *Menut, Menudeto !* Le fou ! La folle !» Et tous les mots éternels et sublimes de la comédie adorable des blanches innocences virginales prêtes à se déflorer.

O printemps de la vie !...

Au milieu d'un champ de luzerne, un soir que, par aventure, ils avaient bien fait les gentils, les câlins, il la saisit si brusquement entre ses bras et la couvrit de si fougueux baisers, que, toute confuse, elle se cacha la figure entre les mains et murmura : « Que tu m'as fait du mal, méchant ! » Mais cela fut dit avec langueur, avec cent fois plus d'amour que de colère, et Janille, éperdue, appelait, au lieu de la repousser, la caresse ardente et virile de Guillaume.

Rouma, le bon Rouma, laissait dire et faire, lui ; si sa femme grommelait, il se contentait de répondre en plaisantant : « Ah ! les petits perdent patience ! il n'y a pas de mal à ça ! Pardi, certes ! Il faut bien qu'ils s'aiment pour se marier, et les noces sont proches, il va bientôt tirer au sort ! Après ça, femme, on dansera, je te l'assure. » En effet, le jour du tirage approchait, et le passeur, ayant parfaitement prévu la conjoncture, comptait sur la sacoche de son beau-frère : le futur pouvait porter un mauvais numéro, Fonsagrives avait promis, en ce cas, *d'acheter un homme.*

Il n'était donc pas besoin de se tourmenter ; aussi, le patron, sans se préoccuper autrement de l'avenir, se laissait-il aller à des songes couleur de soleil et d'eau. Déjà *le fils* le suppléait au bac. Ensemble, dès l'aube, ils posaient sur la rive, entre les herbes aquatiques, des nasses qu'ils retiraient le soir, au crépuscule, pleines de carpes et d'anguilles. Au retour de la pêche, ils apercevaient la mignonne qui les attendait, impatiente et gracieuse, sur la berge ; et, tous les trois, avant que de rentrer à la cabane, causaient assis parmi la verdure ou rêvaient doucement sous les yeux aimables des étoiles.

Et si le temps, au lieu d'être au beau, menaçait, on allait causer une heure ou deux à mi-portée de fusil du Tarn avec le vieil Andoche Kardaillac, qui jadis avait servi sous la première et grande République.

Un homme curieux entre tous les hommes du Quercy, ce vétéran.

On le nommait l'*Ancien!* Il avait vu Jemmapes et Fleurus. Il avait été blessé presque mortellement à Waterloo. Il était avec ceux qu'on appela les brigands de la Loire. Les jeunes du village s'escrimaient à le faire *babiller* le soir, à la veillée. Il leur racontait tout ce qu'il avait vu jadis, et certes, il avait vu beaucoup. Il leur disait la mort du *Roy,* puis les guerres, les grandes guerres de 93, et cela, dans l'idiome du pays. Ses familiers, petits et grands, prétendaient qu'on lui avait bien coupé le fil de la langue, et que c'était un savant, un brave homme et un *batailleur.*

Ingambe et très vert, malgré son grand âge, il travaillait aux champs été comme hiver, en plaine ou sur les monts, et, n'eussent été ses yeux qui commençaient à faiblir, il eût encore abattu non moins de besogne qu'un morveux de cinquante ans.

A la saison des neiges et du gel, il venait à

son tour passer quelquefois la soirée chez le passeur. Celui-ci l'accueillait en jetant dans l'âtre une brassée de copeaux de bois sec et de javelles, et les petits approchaient de la cheminée un vaste fauteuil de chêne noir où l'on entendait travailler le ver. L'Ancien y prenait place et posait ses pieds sur les landiers de fer qui s'avançaient hors de l'âtre. On était tout yeux et tout oreilles, et bientôt on oyait des histoires de guerre extraordinaires, et si terribles que chacun en les écoutant avait mal au ventre et froid aux cheveux. A la vérité, il était sans pareil, le vieux guerrier ! Il avait vu tant de choses si marquantes et si belles qu'il méritait bien à coup sûr le respect et l'admiration que tout le monde avait pour lui dans la contrée.

Inot et Janille qu'il recherchait avec passion et qui, de leur côté, l'affectionnaient aussi beaucoup, organisèrent immédiatement après la Noël une petite fête en son honneur.

Aidés de deux bouviers du pays, anciens soldats, Jean Lestouq qui s'était battu en Crimée ainsi que dans la Baltique, et Pierre Quogoreux médaillé d'Italie, ils firent appel à toute la jeunesse des environs, et la veille du premier de l'an, s'étant mis à la tête des gens de Sainte-Livrade et de ceux venus des villages voisins, ils arrivèrent entre quatre et cinq heures de relevée chez l'Ancien, absent à ce

moment-là. Son petit-fils Éloi Kardaillac qui
causait avec Rouma leur dit que le *Pepe* (aïeul)
était au labour, mais qu'il ne pouvait tarder
à rentrer, vu que la nuit tombait et que les
bœufs n'avaient rien mangé depuis onze heures
de l'avant-midi.

L'on attendit.

Au bout d'une demi-heure, on vit, en effet,
venir l'Ancien. Il était grand et maigre ; ses
cheveux blancs tombaient sur ses tempes, et,
par derrière, ils étaient attachés avec un ruban
de soie noire, et la queue était encore fournie ;
entièrement dépouillé, le sommet de son crâne
un peu pointu luisait comme un vieux marbre.
Bien qu'il eût près de cent ans, l'homme ! il
était droit comme un I, et son œil miroitait
comme l'acier. Il marchait tenant d'une main
la corne de la charrue et de l'autre l'aiguillon. En
marchant, il parlait à ses bœufs efflanqués et
couverts de sueur. Il avait le tablier de basane
que portent les laboureurs du pays, et comme eux
il était vêtu de cadis, et comme eux, en sabots.

Inot et Janille coururent à lui, et, après lui
avoir, au nom de tous, souhaité la bonne
année *accompagnée d'une foule d'autres,* ils lui
présentèrent une couronne de laurier fraîchement coupé. Cette offrande le troubla beaucoup et le fit réfléchir un peu, puis il dit qu'il
ne savait pas s'il devait la prendre, mais qu'il

était bien content tout de même qu'on la lui
eût apportée, et, après avoir embrassé le passeur et ses enfants, il invita tout le monde à
boire un verre de piquette. Les gens de Sainte-
Livrade entrèrent dans la borde, et bientôt,
le verre à la main, ils burent à la santé de l'Ancien, debout au milieu d'eux. Quand ils eurent
trinqué, bu et encore trinqué, Lestouq, qui
s'était battu en Crimée et dans la Baltique,
sortit des rangs, et dit avec familiarité, mais
plein de respect, pourtant : « Ah çà ! l'Ancien,
contez-nous quelque chose, parlez-nous de quelque bataille. »

Le vieux laboureur, ayant tressailli, répondit : « Enfants, je veux bien ! » Et, sans quitter son tablier de basane, il alla prendre à l'une
des quatre quenouilles d'un grand lit à balda-
quin un vieux morion de fer à crinière, tout
bossué, et un sabre de grosse cavalerie usé
d'estoc et de taille. Ayant dégaîné et mis le
casque en tête, il dit :

« Ce jour-là, mes enfants, ils étaient bien au
moins sept pour un ! Le général nous dit qu'il
fallait tous mourir ou leur passer dessus. Nous
aimions le général, il était si *joli*, si brave, si
vaillant, le plus brave de nous tous. Nous répondîmes : « Oui, général ! » Et le général
dit : « Tant qu'elle vous aura, camarades, la
patrie ne risquera rien, agissons de notre

mieux et ça ira. » Nous répondîmes : « Oui,
général. » Nous aimions tous le général. Il n'y
en avait pas un autre pareil à lui dans l'armée.
Sa cavale et lui, c'était tout un. Il ne craignait
rien. Il sautait comme un lion. Il se moquait
des balles et des boulets et des grenades,
oh! ma foi, comme de la pluie et des grêlons,
c'est-à-dire qu'en le voyant se démener, nous
avions tous du feu dans le sang. Et ce jour-là,
il frappait si fort qu'il en fit à lui tout seul
avec son *esprit* et son *espase* (épée) autant ou
presque autant que toute l'armée avec le fusil,
le sabre et le canon. On l'apercevait partout
en même temps, avec ses longs cheveux roides
encadrant son beau visage pâle, et ses grands
yeux noirs qui luisaient terriblement et nous
rendaient tous à moitié fous. « En avant! »
criait-il toujours de sa voix sonnante, et nous
autres, Lorrains, Bourguignons, Normands,
Auvergnats, Bretons, Champenois, Picards,
Provençaux, Alsaciens, Basques, Savoyards,
Quercynols, Gascons, Français du Nord et
Français du Midi, nous tous mêlés, infanterie,
cavalerie, artillerie, hussards, chasseurs, grena-
diers, piquiers, dragons, cuirassiers, guides,
chevau-légers, canonniers, fuséens, nous mar-
chions escadrons sur bataillons et bataillons
sur escadrons et nous enfoncions tout, tout :
les hommes, les canons, les fourgons, les cais-

sons, les équipages, les ânes, les chevaux et
les mulets de l'ennemi. Fallait voir ! Et l'on
chantait tous ensemble : « Allons, enfants de
la patrie ! Aux armes, citoyens ! » et, rouges
de sang de haut en bas, rouges à faire frémir,
au bruit des clairons, des trompettes, des tambours et des fifres, on travaillait ferme la peau
de l'Allemand et de l'Anglais. Que c'était beau,
cela, mon Dieu ! que c'était beau ! Fantassins
et cavaliers, en avant, marche ! En avant ! Et
pas de quartier ! Et, serrés les uns contre les
autres, en tas comme des moutons, saouls de
musique et de poudre et pleins de l'amour du
pays, avec nos piques, nos sabres et nos baïon-
nettes, nous suivions toujours le général, et le
général, lui, de plus en plus blême sous ses
grands cheveux qui pendaient, portant son
chapeau en bataille, brandissant d'une main
son épée et de l'autre le drapeau tricolore,
fonçait dans la fumée noire, dans la flamme
des pièces et sous l'averse de la mitraille,
avançait toujours et toujours au cœur des bri-
gades étrangères... Enfin, l'ennemi se rendit.
Andoche Kardaillac, moi, j'étais là !... Nous
avions gagné la bataille, les tyrans tremblè-
rent, la République fut contente. Et celui qui
nous commandait, acheva l'Ancien d'une voix
religieuse et les yeux mouillés, c'était le général MARCEAU !...

Il se tut.

Tout le monde avait envie de pleurer ou pleurait autour de lui.

La première émotion passée, on baisa ses mains vaillantes et vénérables, qui tremblaient toutes froides, on toucha son vieux casque d'airain et son sabre ébréché qu'il avait rapportés de la Grande-Armée, et tout en l'étreignant, chacun le mesurait de l'œil.

— Un autre récit, *pepe* (aïeul), encore un récit !

Et, tandis qu'il reprenait haleine, on lui ceignit le front de la couronne de lauriers qu'Inot et Janille lui avaient, en arrivant, offerte au nom de tous.

Il rougit et puis il pâlit.

Tout à coup transporté d'orgueil et de joie aux nobles souvenirs qui vivaient en son âme, il redressa l'échine et dessina des gestes superbes : armé toujours de son antique lame et son casque chevelu dansant tout hérissé sur sa tête blanche laurée, il se campa d'aplomb sur ses vieilles jambes encore solides, et, d'une voix ferme et retentissante comme un clairon, il raconta brièvement toutes ses campagnes et toutes ses aventures et toute sa vie.

Il dit les villes innombrables et magnifiques dont il avait escaladé les remparts ; les fleuves larges comme des mers qu'il avait traversés à la

nage et sous le feu des ennemis ; les montagnes
hautes comme la mère Pyrénée franchies à cheval ; il dit le Rhin, aux bords duquel, sans pain
et sans souliers, les soldats de la République
mouraient presque toujours victorieux en criant :
« Vive la Nation ! la Liberté ou la mort ! »
Il dit l'Egypte avec ses déserts brûlants et
pestiférés, il dit l'Italie où les femmes ont les
cheveux aussi noirs que l'aile des corbeaux, il
dit la Russie avec son froid mortel et ses
neiges sans bornes, il dit Moscou calciné jusque
dans ses racines de pierre, il dit l'Espagne et
le sac de Saragosse, il dit la Hollande et les
chevaux galopant sur la glace, lancés à l'assaut
d'une flotte étrangère, il dit les Alpes où les
soldats en passant à cheval, près des aires, dé-
nichaient les aigles épouvantés, il dit la Béré-
sina, l'Essler, et les calamiteuses noyades ; il dit
les mornes affreux de Saint-Domingue ; et puis,
après avoir mentionné les pays qu'il avait par-
courus le cul sur la selle, la latte et le pistolet
aux poings, il dit quels furent les divers belli-
gérants que la France avait vaincus : il dit le
Kaiserlick sans cesse détruit et sans cesse res-
suscitant de ses cendres, il dit le Cosaque ca-
mus toujours affamé de vol et de carnage ; il
dit le Dalmate brave de loin, lâche de près,
aussi cruel que poltron et toujours fourbe ; il
dit l'Italien chantant dans les tueries avec des

harpes et des mandolines, sa maîtresse et la
Madone ; il dit les fils du prophète : l'Africain
monté sur des chameaux ou des dromadaires,
l'Arabe en burnous qui, ne composant jamais,
avale ses yatagans plutôt que de les rendre ; le
turc accompagné de femmes voilées, l'oriental en
turban, l'intrépide et luisant mameluck qui tourbillonnant autant que son cimeterre et cousu sur
son cheval harnaché de bandelettes de soie et de
métal volait aussi vite que l'air et venait mourir
dans la gueule des canons ; il dit les hordes asia-
tiques qui mangeaient des chandelles de suif et
les arrosaient de sang ; il dit les prêtres espa-
gnols vêtus de longues robes qui n'en finissaient plus, se battant un crucifix d'une main
et l'escopette de l'autre ; il dit l'Anglais insai-
sissable dans ses grands navires de guerre et si
meurtrier à la France : il dit le Polonais ami, le
brave des braves, leste entre tous les « char-
geurs » du monde ; et puis il dit le nègre féroce,
aussi noir que le jais, effrayant avec ses gros
yeux blancs roulant comme des boules de porcelaine et sa tête ronde à cheveux de bélier,
le nègre infernal de Saint-Domingue habillé
comme un guerrier d'Europe et se défendant
comme une bête, la poitrine traversée de
balles, et la baïonnette ou le sabre encore dans
le flanc ; il dit enfin les soldats de toutes les
puissances de la terre, et tandis qu'il parlait,

héroïque et naïf, il semblait qu'il entendît au
loin au milieu des rumeurs sourdes de la bataille les grosses pièces d'artillerie gémissant
sur leurs affûts, et la terrible fusillade, et les
charges de cavalerie, et le feu roulant des bon-
nets à poil formés en carrés, et la marche irrésistible des grands cuirassiers bardés de fer,
et le choc des boulets sur les retranchements,
et le martellement des sabres et des lances et
des crosses de fusil sur les casques et les cui-
rasses, et le bourdonnement des tambours et
les chants des clairons, et par dessus tout cela,
le cri de cent nations diverses expirant égor-
gées autour de leurs drapeaux ou broyées sous
les sabots des chevaux hennissant échevelés,
cabrés, rouges de sang jusqu'au poitrail ; le cri
des peuples agonisant sous une pluie d'obus et
de mitraille, en présence de leurs maîtres, em-
pereurs et rois et ducs, qui ne disaient pas
seulement : « C'est bien ! »

Il avait dit.

Tous les bras l'embrassaient, et toutes les
bouches le baisaient.

— Il est beau ! répétait-on avec enthousiasme
et candeur, il est rajeuni ; il n'a que vingt ans,
il se battrait encore comme un lion et comme
un aigle contre les ennemis de la France ; il est
étonnant, il a grandi. Voyez ses yeux, ils brillent comme s'il était encore dans la bataille,

au milieu des tonnerres. Et sa bouche ? elle parle même lorsqu'il ne dit rien ; il est superbe, il ne devrait jamais mourir !

Et de nouveau, toujours, encore, on le touchait, on l'embrassait et l'on criait à l'envi :

— Vive l'Ancien ! vive l'Ancien !

A son tour, il frissonnait très ému, lui, le pauvre vieux soldat, et n'étant plus dans le feu du discours, il se soutenait à peine et balbutiait comme un enfant. On pouvait lui faire beaucoup de mal et peut-être même le tuer en le fatiguant davantage. Il fallait en finir. Rouma qui veillait à tout et dirigeait tout, donna le signal du départ.

Une fois encore, on acclama le vieil Andoche Kardaillac, « le grand vétéran, » et puis, enfin, après lui avoir souhaité de vivre au moins autant d'années qu'il en avait déjà vécues, on s'en alla comme on était venu, tous ensemble, en chantant, Inot et Janille en tête du chœur ; mais, avant que de se quitter et de rentrer chacun chez soi, l'on farandola quelque peu sous la coudrette au clair de la lune et au son du chalumeau, le long de la rive droite du Tarn. Ah ! si le passeur, sa fille et toute la compagnie avait l'air satisfait de l'emploi de son temps, celui qui de tous se montrait encore le plus en train et le plus réjoui, c'était bien certainement le bouscassiè !

Comme il « la coulait douce, » lui, depuis
qu'il habitait le bord de la rivière. Elle était
tellement agréable, cette vie-là, qu'elle n'aurait
pu l'être davantage. Aujourd'hui, c'était une
joie et demain une autre, et par-dessus tout le
plaisir indicible et sans pareil au monde de
voir quotidiennement, à toute heure de la
journée, qu'il plût ou qu'il fît beau, celle qu'il
trouvait admirable entre toutes les filles du
pays et qu'il idolâtrait. Oui, par moments, lui,
tant il jouissait, croyait vivre et vivait réellement en paradis : il était heureux.

Vrai! Rien ne lui restait à désirer, rien : à
défaut de la cognée, il maniait la gaffe et
l'aviron ; s'il eût préféré peut-être aux rumeurs
dolentes des eaux la voix superbe des chênes
sous le vent, sa forêt aux rivages, en revanche,
n'avait-il pas avec lui Rouma, qu'il aimait autant que soi-même ; et n'avait-il pas Janille,
qu'il aimait cent fois plus? Adorant les siens,
il était non moins adoré par eux, et le bonheur
habitait la maison. On était content de tout,
et tous les jours, aujourd'hui comme demain.
Et si l'amitié, certes, ne manquait pas, l'ouvrage non plus ne faisait jamais défaut.

Outre son bac et quelques lopins de terre à
soigner, le passeur avait encore une autre
occupation assez importante : il remorquait de
grandes gabares chargées de grains ou de bois

ou de plâtre à destination de Sainte-Livrade et des environs.

Comme il n'existe pas entre Moissac et Montauban de chemin de halage sur les rives du Tarn, un singulier mode de transport naval y était alors usité pour desservir les usines riveraines : on amarrait à l'avant des bateaux un câble énorme jalonné de palonniers de fer en arbalète ; à chaque palonnier on attelait une paire de bœufs, et il en fallait dix, vingt, trente paires à la file, plus ou moins, selon la cargaison. Une sorte de banc à dossier de cuir commandait le joug des bœufs colonels, et sur ce siège en forme de trône se plaçait le guide qui dirigeait l'attelage à travers les flots.

Inot, le fou, raffolait de ce genre de navigation. Le rude métier de *bouvier-nageur,* auquel Rouma l'avait dressé, convenait à sa nature active et robuste. Il n'était jamais si joyeux et si fier que lorsqu'il gouvernait la nage. Accroupi sur le joug, tenant entre ses mains l'aiguillon comme un sceptre, il avait l'air de quelque dieu mythologique voyageant monté sur des monstres marins.

Les bœufs tiraient et s'efforçaient en reniflant. Tantôt ils avaient pied, et leurs fanons et leurs croupes ruisselantes apparaissaient hors de l'onde ; tantôt, mufles au ras de l'eau, ils nageaient en haut fond, et leurs cornes ondu-

8

laient, blanches et brunes, à la surface du Tarn.
Attentif à la manœuvre, et ses yeux vigilants
se promenant de l'une à l'autre de ses bêtes, il
coupait en biais les tourbillons et les remous,
entrait avec certitude dans les sinuosités invisibles du chenal, et la lourde et noire barque
avançait contre le courant au sein des eaux qui
miroitaient au soleil.

Si cette locomotion marinière ne manquait
pas de pittoresque, elle n'était pas non plus
exempte de périls. On citait plusieurs sinistres
qui avaient eu lieu en rivière. Rouma, qui ne
cédait que très rarement à Guillaume la conduite des gabares, avait eu plusieurs fois l'intention d'abandonner ce dangereux métier.

Malheureusement, très malheureusement, il
différa toujours son projet.

Au cœur de l'hiver, mandé par divers maîtres
de bateaux à Moissac pour remorquer des bar-
ques chargées de houille et retardées par une
récente inondation, il se mit en route, bien que
les eaux fussent encore grosses.

Le bateau qu'il s'était chargé de haler remonta très bien jusqu'à cinq cents mètres envi-
ron en aval de Sainte-Livrade. A cet endroit-
là, nommé Zoygx, le Tarn, rétréci dans son
lit, fait un brusque coude, et le courant se
précipite et moutonne entre deux blocs abrupts
de granit très élevés et presque à pic. Remar-

quant que l'attelage faiblissait, le conducteur voulut relâcher. On lui donna l'ordre de pousser en amont. Il obéit. Comme les bœufs fatigués n'avançaient presque point, on lança sur eux des chiens de rivière dressés à cet usage. Le câble se roidit sous l'effort des bêtes à cornes mordues et lacérées, et la barque glissa péniblement de nouveau contre le vent et le flux. Presque aussitôt le passeur sentit s'affaisser le banc du haut duquel il guidait la manœuvre ; il baissa la tête et regarda sous lui. Les bœufs porteurs s'enfonçaient épuisés. Un des deux ne résistait même plus au courant.

Il fallait agir et vite.

Excellent nageur, et, du reste, homme fort courageux, Rouma ne tergiversa point. Ayant dépouillé la plupart de ses vêtements, il se jetait à la rivière comme les bœufs s'engloutirent ; par malheur, en ce moment même, une de ses jambes s'embarrassa dans le joug. Quoique sous l'eau, conservant toute sa présence d'esprit, il tira de sa poche une serpe qui ne le quittait jamais et parvint à rompre la lanière de cuir où sa jambe était prise. Habile et prompt, il se dégagea. Libre de ses mouvements, il remontait à l'air, à la vie, il se sauvait... O douleur ! Atteint tout à coup entre les omoplates par l'un des bœufs submergés qui se débattaient dans l'asphyxie et la mort, il se

sentit perdu, perdu sans ressources. Ses membres, comme paralysés par le choc qu'il venait
de recevoir, refusèrent d'agir, et, torture indicible, en cet instant, il avait derechef cinquante
pieds d'eau sur lui, la respiration lui manquait,
et, dans ses oreilles, mugissaient tous les
bouillonnements et toute l'horreur du gouffre.

Il pria Dieu.

Bien que le flot le fit tournoyer comme un
fétu de paille, il avait encore tout son sang-
froid. Avide d'air, il ouvrait la bouche et buvait
malgré lui. La rivière passait et pesait sur sa
tête. Il fallait mourir, c'était écrit ! il fallait
mourir. Opiniâtre, avec cette surnaturelle énergie dont disposent parfois ceux qui vont s'é-
teindre, il troua brusquement et d'un seul
effort le couvercle immense et lourd qui l'acca-
blait, et réussit à s'élever, à se maintenir quelques secondes à fleur d'eau. Vaine et suprême
lutte ! il périssait. Alors, avant de rendre l'âme,
il embrassa d'un œil mourant les rives natales
où vivait tout ce qu'il aimait, et, consolation
amère que lui devait au moins le destin, il eut
le temps, avant de sombrer, de voir Guillen,
son fils Guillen, se précipiter au milieu de
l'abîme pour l'en arracher, et là-bas, au loin,
Janille éplorée, à genoux sur la berge et tendant les bras vers le ciel, hélas ! éternellement
impassible et sourd aux angoisses humaines.

Il est des deuils que l'on ne peut s'accoutumer à croire de toute durée : on est depuis longtemps déjà séparé d'une âme qui vous était chère entre toutes, on vieillit, le temps s'écoule et fuit et vole, et l'on s'attend toujours cependant à voir reparaître ceux que l'on pleure et qui ne sont plus.

Un mois après la mort de leur père, Elle et Lui, qui l'avaient vu mourir sous leurs yeux, n'avaient pas encore pu s'habituer à l'idée de l'avoir perdu. Partout, à toute heure de la journée, ils croyaient l'entendre, ils croyaient le voir :

« L'heure du repas approche, il ne peut être loin, pensaient-ils ensemble ou séparément ; il va venir, il vient, il approche, il arrive, il va paraître à la tête de la colline, ou sous les arbres de la rive, ou dans sa nacelle, au milieu du Tarn. »

Hélas! ces bonnes chimères s'évanouissaient vite. Alors ils examinaient en silence le fleuve, et tantôt c'était elle qui sanglotait, disant : « Où donc est-il? Seigneur du ciel, où donc est-il? » et tantôt c'était lui, fondant en larmes, qui s'écriait : « Père Rouma, notre pauvre père Rouma! »

Remplis de piété filiale, ils s'oubliaient entièrement eux-mêmes pour ne songer qu'à celui qui les avait quittés ; ils s'en voulaient d'avoir une seule pensée qui lui fût étrangère, et s'en accusaient avec amertume.

« Oublies-tu donc qu'il est mort ? » disait-elle, si quelque sourire flatteur effleurait les lèvres du futur la regardant avec tendresse; et si l'orpheline, à son tour, un peu moins abattue, arrivait à se soustraire un tout petit instant à l'obsession du souvenir et des regrets, les yeux de son amant lui adressaient bien vite ce reproche : « Eh! quoi! tu n'es déjà plus chagrine! Ah! s'il revenait, que dirait-il, lui?»

Quoiqu'affligés ou plutôt parce qu'ils l'étaient, ils se désiraient autant et plus que par le passé, mais ayant toujours peur de se blesser réciproquement par des mots qui ne fussent pas en rapport avec l'affliction dont l'âme de chacun d'eux était pleine, ils se contraignaient à se taire, et, tout en souffrant du silence obstiné qu'ils gardaient en présence l'un de l'autre, ils ne cherchaient aucunement à le rompre. Où donc était le temps que, sans crainte de se paraître mauvais, ils exprimaient tout ce qui leur passait par la tête et tout ce qui leur chantait au fond du cœur... Ah! sans doute, ils étaient tout l'un à l'autre et plus que jamais tout leur était commun aujourd'hui, mais le deuil avait peut-être tué sans retour et leurs joies et leurs jeux : ainsi que jadis, Janille ne se faisait plus belle en se parant tan-

tôt d'une façon et tantôt d'une autre ; elle
laissait flotter incultes au long de ses épaules
ses cheveux, qu'elle tressait et lissait naguère
avec tant de soin ; elle ne s'escrimait plus à se
coiffer, à marcher, à saluer comme une dame ;
elle ne mettait plus des branches de lilas ni
des roses dans son chignon, elle ne piquait plus
à sa camisole des simples sauvages qui sentaient si bon, elle ne se mirait plus avec plaisir
au miroir des sources ; elle était trop triste
pour être coquette, et Guillaume, navré comme
elle, ne faisait pas non plus le galant comme
autrefois ; il ne pensait plus à couper des roseaux qu'il perçait de cinq trous et à jouer sur
ces *amboises* les branles et les chansons du
pays ; il ne faisait plus parade de sa force et de
sa souplesse en escaladant les arbres et les
talus, en sautant par-dessus les fossés et les
haies ; il ne songeait plus à parler aux échos,
il restait dolent auprès de sa maîtresse et n'o-
sait maintenant rien inventer pour la divertir
et se rendre lui-même plus aimable. Oui, vraiment, ils étaient bien changés tous les deux ;
elle, gémissait et se fanait les yeux à pleurer
sans répit, et lui, toujours et partout une seule
idée le préoccupait : retrouver le corps du
passeur, probablement englouti dans quelque
caverne sous-fluviale au bas d'une ligne de rocs.

En vain avait-il, à cet effet, sondé le Tarn à

la nage, plongé dans toutes les eaux, exploré
vingt fois le lit de la rivière, de Moissac à
Sainte-Livrade, ses recherches avaient en tous
lieux et sans cesse été stériles ; néanmoins, il
n'y renonçait point. Y renoncer ! Il eût fallu
renoncer aussi par suite au projet pieux qu'il
avait de conserver la dépouille mortelle de
Rouma dans un hêtre évidé par la foudre et
dont le tronc creux et large pouvait très bien,
à son avis, servir d'urne sépulcrale.

Attentif à sa douleur et tout pénétré d'elle,
il était certes loin de prévoir quelles devaient
être les conséquences funestes de la catastrophe
qui l'avait frappé si profondément à l'improviste, et cependant, un coup non moins cruel
que celui qui l'avait atteint le menaçait déjà.

Ne sentant plus peser sur soi la parole et
l'œil imposants de feu son beau-frère, Antoine
Fonsagrives n'avait pas tardé longtemps à revenir à son ancienne opinion ; il le reconnaissait
très bien *au jour d'aujourd'hui :* sa sœur, la
veuve, voyait juste, il fallait couper court au
mariage en question et déclarer au bouscassiè
qu'il ferait bien de retourner sous bois. Extraordinairement avisée et fine, quoique brutale à
l'excès, la Roumanenque, avant que d'agir,
résolut d'attendre que le désespoir causé par la
mort de son époux à sa fille, s'assoupît ; elle
eût craint, en précipitant trop les choses, de

pousser l'amoureuse à commettre quelque sottise, peut-être irréparable : un coup de tête est sitôt fait.

« A la fin des fins, se dit-elle, la petite cessera de réclamer son père à cor et à cri, et l'adorateur, cet intrigant, se fatiguera sans doute aussi, lui, d'avoir l'air de plaindre mon pauvre homme, qui s'est noyé. Patientons un peu, ça viendra. »

L'heure arriva trop tôt que la veuve du passeur appelait de tous ses vœux. Requis au nom du gouvernement, par le maire du canton, Inot dut se rendre à La Française pour y subir le sort. Il y alla, ne s'imaginant même pas que les conditions acceptées par le langueyeur du vivant de Rouma fussent en rien changées, et tranquille, ayant mis la main dans l'*oule,* il tira. Vraiment, la chance fut loin de le favoriser : il accrocha le numéro 1.

« Un ! tout ça !... Pardi, ma miselle trouvera que je suis bien maladroit », se disait-il tout guilleret en revenant à Sainte-Livrade.

Eh bien ? lui cria-t-elle de loin aussitôt qu'elle l'aperçut.

Il répondit :

« Ah ! que tu vas rire !... Imagine-toi que j'ai porté le plus petit.

— Oh ! quel malheur ! fit-elle en regardant le ciel avec effroi, nous sommes perdus.

9

— Eh! perdus! Ah ça! mais, qu'est-ce que tu as, Janille?

— O Guillen, mon tendre ami, ma mère m'a dit ce matin...

— Achève, *meou*.

— Sainte Vierge! Sainte Vierge!

— Allons, nigaude, allons donc, parle un peu, pour voir?

— Oh! chéri, chéri, ma mère m'a certifié que si tu tombais au sort, il te faudrait aller à l'armée.

Il pâlit à ce coup et marcha sans prononcer un mot et trébuchant à chaque pas vers la Roumanenque qui, plantée sur le seuil de sa bicoque, le salua par cette question :

— As-tu bien choisi le chiffre, au moins?

Il secoua la tête, et la veuve, insolente et joyeuse, s'écria :

— C'est bien dommage que tu ne sois ni borgne, ni boîteux, ni bossu!

Puis, avec une allégresse encore plus insultante, elle trempa la soupe aux choux et prépara la salade de pissenlits, les deux mets dont se composait habituellement le repas du soir.

— Allons, viens manger, toi, dit-elle, quand la table fut mise; arrive, sot, et crois cette bonne vérité que voici : l'appétit, c'est le principal; le reste, pas grand'chose.

Il s'assit, posa sa tête dans ses mains et ses coudes sur la table, et de temps en temps il regardait sa blonde qui, s'efforçant au repas, mouillait de larmes chaque bouchée de pain.

— Non! je ne peux pas manger, dit-elle enfin en cachant sous ses dix doigts sa figure aussi blanche que de la cire et tout en larmes.

La Roumanenque, à qui ces paroles étaient en quelque sorte adressées, affecta de n'y pas répondre et, froide comme un glaçon, ne desserra plus les dents de la soirée.

— Et surtout ne te fais pas de mauvais sang, dors bien! cria-t-elle au garçon, qui, le cœur gros, allait se coucher dans la grange.

Il se retourna tristement.

En dépit de la recommandation, il ne put fermer l'œil, et, toute la nuit, il ne fit que répéter, en se roulant dans la paille : « Je ne veux pas quitter la mienne, moi; je ne veux pas la quitter. »

Au point du jour, il se leva et descendit au bac, selon sa coutume.

L'embarcation chargée de moissonneurs qui se rendaient aux champs, était au beau milieu de la rivière.

— Ohé! l'ami, qui t'a donc donné l'ordre de prendre le bateau? demanda-t-il à l'homme qui le manœuvrait.

— Qui?... la Roumanenque! répondit celui-

cι en abordant, et c'est moi qui, dès aujour-
d'hui, te remplace, bouscassiè.

Guillaume eut envie d'arracher la gaffe au
brutal, mais il se contint et courut s'expliquer
avec la veuve. Elle était en train d'empâter ses
oies et paraissait très paisible.

— Inutile de tant babiller, toi, dit-elle avant
qu'il eût ouvert la bouche, je sais ce que tu
veux me dire. Écoute bien, mon frère ni moi,
nous ne pouvons t'acheter un homme, et toi,
tu ne peux plus rester ici. Du moment qu'il te
faut quitter le pays, tu ne dois plus penser à
ma poulette. Si je te gardais encore dans ma
maison, on finirait par trouver cela très laid
et les gens m'en voudraient, bien sûr. Retourne chez toi sans t'inquiéter, je te le conseille ; le chagrin, je te l'ai déjà dit, est une
mauvaise compagnie et fait maigrir.

Hébété par ces coups de couteau, le malheureux tenait ses yeux et sa bouche grands
ouverts et ne bougeait point.

— A quoi donc ça t'avancera-t-il, reprit la
veuve inexorable, de rester ainsi devant moi,
planté comme une borne à bord de route ? Im-
bécile ! ton mieux est de remonter en haut, dans
tes bois. Est-ce que tu te figures qu'on te doit
quelque chose, ici ? Parle, on te paiera.

C'en était trop ! Il fondit en larmes et s'é-
cria, désolé :

— Roumanenquè, avant de partir, je veux embrasser...

Il ne put finir.

— Embrasse-la et va-t'en ! grommela la mégère, après avoir appelé sa fille, qui sortit aussitôt de la maison.

— Qu'as-tu, Guillen ? dit-elle, en le voyant tout en pleurs et blanc comme un linge sous ses grands cheveux bruns, épars.

— On m'a fait affront !...

— Un affront ?

— Ta mère me renvoie d'ici, Janille ; adieu ! s'écria-t-il désespéré ; je ne reviendrai plus ; adieu ! mamie, adieu !...

Cela dit entre deux sanglots, il s'éloigna.

Sans trop savoir où le portaient ses jambes, indécis comme celui qui n'a pas de demeure et n'a pas de famille, il marchait à l'aventure. Habitué à considérer comme sienne la maison du passeur, il se demandait ce qu'il allait devenir à présent qu'on l'en avait dépossédé. Seul ! il était seul, encore une fois condamné à vivre seul. « Ah ! mon Dieu, répétait-il en marchant à l'aveuglette ; ah ! mon Dieu. » Comme il côtoyait le précipice de Tallambolit, il regarda dans le vide et se dit ingénûment que pour lui, le mieux était de sauter au fond du trou. Toutefois, il résista à la tentation et suivit machinalement le chemin de la forêt.

— Hé ! lui cria-t-on comme il passait devant
l'église paroissiale de Saint-Guillaume le Tambourineur ; arrive ici, filleul !

Inot s'arrêta sur place, et, levant la tête, il
vit à table son parrain le curé qui, dodelinant
de la tête, à son habitude, et, par hasard, bary-
tonnant à l'opposite, était en train de déjeuner
avec Thècle, sa servante, au milieu de la cour
du presbytère, sous un gros et bel orme à
mille branches, un des plus grands arbres du
pays.

On était en pleine belle saison ; le ciel luisait, il était un peu plus de midi ; les canards
et les oies trompetaient, barbotant ensemble
dans la mare et la volaille picorait tout autour ;
allant par bandes, les dindons s'arrondissaient
avec emphase et des pintades stridaient en
chœur ; indolente, une ânesse broutait les chardons poussés au bas du talus qui défendait le
jardin potager, et tout à coup ruait, effarou-
chée de son ombre ; errant çà et là, un cochon
du Tong-King, aussi rose que dodu, fourrait
son groin dans toutes les immondices rurales,
et, grognant de plaisir, semait de ses fientes le
sol blanchâtre de la cour ; orgueilleux, juché
sur la capote d'un cabriolet, un grand coq
blanc chantait de minute en minute, dressé
sur ses ergots ; au-dessous de lui, dans une
hotte d'osier appendue au coin d'un mur, une

poule venant de pondre, déchirait l'air de ses cris ; une autre, entre les roues de la voiture, gloussait en conduisant ses poussins ; enfin sur les toits des bâtisses, à droite, à gauche, en tous sens, voletaient des passereaux gloutons et voleurs, emportant qui des miettes de pain et qui des débris de viande tombés de la table abbatiale autour de laquelle, rengorgés et boursouflés, se poursuivaient avec mille roucoulements d'amour plusieurs couples de pigeons pattus aux plumes changeantes, et rôdait une vieille chienne podagre et chauve qui, parfois, grommelait en montrant ses chicots à un chat hydropique soufflant tout hérissé.

« Quelle joie et quel soleil en ce coin de terre ! »

Inot considéra pendant quelques instants cette tranquille demeure où, jadis, vingt années auparavant, il avait été recueilli venant de naître et nu comme un ver ; ensuite il alla s'asseoir sur un banc de pierre auprès de son parrain, qui, dès l'abord, frappé de sa tristesse mortelle, lui dit :

— Ah ça ! mon ami, qu'as-tu donc ? tu n'as pas l'air, sais-tu, d'être content.

— Hélas ! parrain, hélas !

Si le curé de Saint-Paul d'Espis était aigu comme une ortie et brutal comme un bâton de houx, le desservant de Saint-Guillaume le

Tambourineur, au contraire, était tout lait et tout miel, lui.

— ...outre! fit-il en voyant Inot si consterné, ça va beaucoup plus mal que je croyais; voyons, filleul, conte-moi vite ça.

Guillaume obéit.

Tandis qu'il jasait en se lamentant, le soleil, en son plein, envoyait dans les branchages de l'orme de brusques éjaculations de lumière qui accrochaient un monde d'étincelles à chaque feuille, et parfois, un rayon se jouait dans la chevelure épaisse et grisonnante du curé et lui mettait comme une gloire autour du front. Radieuse aussi, Thècle, la brave servante, s'épongeait la face avec un mouchoir de cotonnade, et, tout en mastiquant, soupirait des litanies. Ayant mangé comme trois, bu comme quatre, pris café, gloria, petit verre *et cætera*, ouvert son bréviaire, flatté la chienne qui était morose, caressé le chat qui ronronnait en bombant le dos, fait la nique à Thècle adossée au tronc de l'arbre et qui le couvait de l'œil, le saint homme s'assoupit enfin, murmurant, onctueux et satisfait : « O mon Dieu ! ayez pitié des pauvres qui n'ont nul asile et des matelots qui sont sur la mer... *per omnia sæcula sæculorum... Amen !... A... A... men !* »

Et le bouscassiè parlait toujours.

— Assez! babillard, assez! lui dit Thècle en

lui montrant le curé qui sommeillait, il s'endort ; tu reviendras un autre jour lui demander conseil.

Inot se leva doux et triste comme une ouaille et s'en alla.

Chemin faisant, il confiait son malheur aux buissons de la route, qui peut-être l'écoutaient et l'entendaient, eux.

Après mille et mille zigzags et plusieurs heures de marche, il arriva sous bois enfin, et bientôt il aperçut entre les arbres des futaies le toit de sa cabane. La porte en était entr'ouverte, et par l'entre-bâillement se glissait un rayon de soleil. Il entra, s'assit sur une escabelle, et ses yeux parcoururent tristement les murs qu'il avait bâtis ; autour de lui ses vieux meubles, ses outils, *Balento* (Vaillante), sa cognée, toutes les choses qui lui étaient jadis familières semblaient lui sourire et lui souhaiter la bienvenue ; il y voulut toucher, et se souvint, en y touchant, du jour qu'il les avait quittées sans regrets, plein d'espérance et fou de bonheur.

Ce jour-là, mais c'était hier !... Oui, c'était hier qu'il avait sauvé la vie à Janille, et que Rouma lui disait : « Enfant, ma maison est à toi... bouscassiè, tu seras mon fils ! » Hier, hier encore, il avait une famille, et maintenant il était seul, de nouveau orphelin. En perdant

10

Rouma, n'avait-il donc pas assez perdu ? Janille ! fallait-il qu'on la lui ravît aussi, elle !...
Atteint à l'âme par cette idée terrible, il resta plus d'une heure immobile et comme privé de sentiment. Tout à coup, au fond de son esprit apparurent diverses scènes de sa vie durant le séjour de plus d'un an qu'il avait fait aux rives du Tarn.

« On était en hiver, par les grands froids ; les arbres étaient couverts de givre et la terre gelée retentisssait sous les pieds des passants comme les dalles de l'église sonnent le dimanche sous les sabots et les souliers ferrés des chrétiens ; on était allé dépouiller le maïs dans une borde voisine ; en travaillant on chantait de douces chansons ; Andoche Kardaillac, s'il était là, parlait de la Première et Grande République, et puis le passeur, pécaïre ! racontait à son tour de jolies histoires qui faisaient rire et pleurer et qui vous donnaient aussi la chair de poule ; il disait *l'Ascension du mage de Saint-Carnus de l'Ursinade* ou bien *les Amours du Chevalier et de la Bergère ;* on écoutait, chacun de ses oreilles, hommes et femmes, et les vieilles, filant au rouet, oubliaient quelquefois de mouiller le chanvre et restaient là, bâillant comme des canes ; subitement, quelqu'un de la compagnie avançait sur le pas de la porte et

regardait les étoiles du ciel ; il se faisait tard,
bien tard ; alors, chacun, de son côté, rallumait
sa lanterne, et sur le coup de minuit, tout le
monde s'en retournait le long des chemins de
traverse, et le plus heureux de la société tenait,
en regagnant le logis, sa fiancée par la main.

« Oh ! le bel hiver !

« A quelque temps de là, la saison changeait petit à petit ; et puis, un matin, la campagne était embellie et réjouissait l'œil ; il y
avait de la verdure au fond des vallons et sur
les coteaux, les feuilles avaient poussé tout le
long des arbres et les branches des chênes s'allongeaient toutes brillantes de rosée et sentant bon ; aimables musiciens, les oiseaux du
pays faisaient entendre leurs mille ramages, et
les hirondelles, revenues de leur voyage an-
nuel, filaient brunettes et blanchettes, au milieu des airs, avec de jolis petits cris et montrant leur aimable bec ourlé de jaune et leur
fine queue fourchue ; oh ! que les champs étaient
gracieux en ce moment ; tout croissait, montait
sur pied ; les blés, les seigles, les maïs, se cour-
baient sous le vent, et prenaient, en ondulant
ainsi, toutes les formes et toutes les couleurs ;
amoureuse et tout en travail, la terre s'ouvrait
en fumant aux baisers du soleil : on avait la
vie au cœur et du cœur à l'ouvrage, par ces

temps-là ! la rivière était claire, l'air embau-
mait, on s'amusait à la pêche, on maniait l'a-
viron, et le promis, heureux comme un roi,
remorquait les lourdes gabares, assis sur les
cornes des bœufs.

« Oh! le beau printemps!

« Ensuite arrivait le temps du grand soleil ;
on se sentait fondre en eau, la terre se cre-
vassait et demandait à boire par toutes ses
crevasses, la verdure se grésillait à la chaleur et grillait sur pied, êtres et choses semblaient vivre dans le feu ; pourtant, il fallait
agir : l'heure était venue des forts travaux :
« allons, debout, les enfants ! debout! » et l'on
se levait à la lumière des étoiles, on se rendait
dans les prés, on aiguisait la faulx, on s'espa-
çait et puis, à l'œuvre ; aux premières blan-
cheurs de l'aube, halte-là ! tout le monde s'asseyait autour des noyers épars dans la prairie
et chacun tirait ses vivres de son havre-sac ;
on frottait d'ail ou d'oignon un coin de pain,
on le saupoudrait de sel, ensuite, en avant, les
mâchoires ! et, quand on avait soif, la grosse
bouteille commune passait de main en main,
on la tenait en l'air à la force du poignet et
chacun, à son tour, buvait à la régalade ;
« au travail, hommes, au travail! » on devait
se remettre à l'ouvrage, et cette fois sous le

grand soleil ; le ciel vomissait de la braise, et
la terre brûlait en flammes comme le ciel ; on
était aveuglé ; les faulx qui luisaient comme
des miroirs tranchaient l'herbe ainsi que les
vipères qui s'y cachaient, et les faucheurs,
suant et peinant, fauchaient toujours, à peine
abrités sous leurs grands chapeaux de paille de
riz ; à midi, halte de nouveau ; personne n'en
pouvait plus ; on ruisselait de sueur, on était
trempé ; chacun avait sa chemise collée à la
peau. Vite, on courait s'essuyer et se refaire
l'estomac à la borde où la soupe fumait sur la
table : « une, deux ! » on l'avalait toute chaude,
ensuite on s'allongeait dans les granges et l'on
faisait sa méridienne ; une couple d'heures
après, on se relevait dispos, et l'on se dépê-
chait de charger sur des charrettes le foin
qu'on mettait vitement à couvert de peur de
la pluie ; oh ! quels nobles travaux ; on dormait peu ; tandis qu'on était au lit, les aiguilles de la pendule ne faisaient jamais le
tiers du tour du cadran, on mangeait à la hâte
comme des affamés et l'on se cassait les ongles
à la besogne ; et tous les jours ainsi, jusqu'à la
moisson ; à la moisson, autre affaire : on quittait la grande faux et l'on prenait la faucille ;
un fainéant eût été malheureux à ces heures-
là ; d'abord on coupait le blé, puis on le mettait en gerbes, ensuite on préparait l'aire, on

battait le grain à coups de fléaux, et tandis
que le grain sortait des épis et que le fléau
tapait, tapait, on fredonnait en travaillant... enfin, le soir, à la brune, après la journée faite, on
amassait la récolte, on serrait les outils, on
avalait une dernière bouchée de pain, et le
père disait : « Ohé, les petits, allons avant de
nous coucher, nous asseoir au bord de la rivière et respirer un peu la fraîcheur de l'eau. »

« Quel été, quel été !

« Juin, juillet, août s'éteignaient enfin, et les
vendanges arrivaient, joyeuses ; on s'assem-
blait et, par troupes, on montait aux vignes
allongées au revers des collines ; on longeait
la route, filles et garçons, un panier au bras et
la serpette à la main, et l'on entourait, tout en
escaladant les pentes, le char où, maintenus par
des câbles, bruissaient, vides encore, les noirs et
profonds cuviers ; « ah ! Caoubet ! ah ! Laouret ! »
et les fiers bœufs blancs du Quercy, couronnés
de pampres, envoyaient leurs langues au long
de leurs mufles, dans leurs naseaux, et se lé-
chaient, et mugissaient, contents de voir tout
le monde content ; on cheminait, on plaisan-
tait, et l'on entrait tous ensemble dans les
champs ; et puis, à la besogne ! à chacun son
rang de souches ! on vendangeait en goûtant
à la grappe, on coupait à droite, on coupait à

gauche, ensuite on allait verser les paniers
pleins de raisin dans le cuvier où, presque nu,
Jacou, Toinil ou Pierrès, écrasait sous ses
pieds en sabots et les rouges et les blancs ;
Saint-Dieu ! quels travaux de plaisance et
quels amusements sans pareils ! les garçons
embrassaient les filles en les barbouillant de lie,
et celles-ci, vraiment, en faisaient tout autaut,
en ayant l'air de ne pas y toucher... ; à la tombée de la nuit, enfin, on rentrait au logis, et
c'était elle, la belle, enveloppée de bluets et de
coquelicots et de roses sauvages, qui tenait en
ce moment l'aiguillon et touchait les bœufs,
lesquels, comme s'ils avaient eu de la connaissance, obéissaient avec plaisir à ses moindres
caprices et la suivaient préférablement à leur
bouvier...

« Oh ! quel automne, oh ! quel automne !

« Et puis un mois ou quarante jours après
les vendanges, à l'entrée du nouvel hiver
avant les semences, on coulait le vin, on dansait dans les chais au son de l'amboise et du
tambour : Il riait, le vieux, et se divertis-
sait de tout son cœur ; eux, les jeunes étaient
aux anges et n'eussent donné pour rien leur
part de paradis... On voyageait dans le ciel !
Attendu, désiré, le dimanche arrivait enfin ;
alors, ils partaient ensemble, tous les trois,

pour le hameau où se tenait la fête votive ; ils
jouaient, eux, les deux hommes, à la palette
ou bien aux quilles ; elle, au *Qui devine gagne;*
et quand la nuit commençait à tomber, ils revenaient au bac par d'étroits chemins, à travers combes et collines, contents, cent fois
plus contents qu'ils n'auraient pu le dire et,
tant ils jouissaient, imbéciles à demi. »

— Non ! dit Inot intimement déchiré par ces
souvenirs, je ne veux pas quitter la terre où
dort Rouma, je ne veux pas vivre séparé de
Janille, je ne veux pas déserter mon pays.

Et, sans tarder davantage, il allait revenir au
grand galop à Sainte-Livrade, revoir la sienne,
lui parler, lui faire comprendre et lui prouver
clair comme le soleil qu'il était impossible
qu'ils ne se vissent pas chaque jour, à tout
instant, comme par le passé. Certainement
qu'après l'avoir entendu plaider, elle le suivrait
à la Crête-des-Chênes ; il l'y garderait en secret,
il saurait l'y défendre et contre le langueyeur
et contre tout le monde à la fois. Hors de lui,
l'esprit troublé par la douleur, il écoutait les
plus extravagants desseins qu'elle lui suggérait,
s'élançait pour les exécuter et s'arrêtait aussitôt, convaincu qu'il ne résisterait pas à sa
peine, et qu'il était fou.

La nuit vint. Il se résigna, quoique avec

beaucoup de peine, à ne prendre un parti que le
lendemain, et le lendemain au point du jour, sa
première pensée fut celle-ci : « Je ne peux pas
vivre sans elle ! Il me la faut, je la veux, il me la
faut. » Oubliant qu'il avait soif, qu'il avait faim,
il partit. Il eut vite atteint Pignerox. Embusqué
comme jadis sous les arbres de la rive, il épia
le bac, la maisonnette, espérant que la blonde
se montrerait tôt à lui.

Vaine attente ! Le soir arriva qu'il ne l'avait
pas encore vue. Il tremblait, impatient, et l'impatience lui donnait la fièvre ; il ne savait que
penser, que croire : « Pourquoi ne paraissait-
elle pas ? Elle aurait dû paraître au bord du
Tarn. » Et, se forgeant mille idées et se faisant toutes sortes de peurs, il trouvait bons
tous les conseils de son désespoir, admettait
toutes les exagérations de sa folie ; il avait le
délire : peut-être que sa mie avait abandonné
le pays, peut-être qu'elle était morte ! Absente
ou présente, vivante ou morte il la lui fallait.

Enfin, il n'y tint plus et passa, tout habillé, le
Tarn à la nage. Il faisait nuit, et nulle lumière
ne s'allumait au-dessus du rivage, derrière
la fenêtre de la petite, ni derrière les vitres,
au rez-de-chaussée de l'oustalet. Pourtant, c'é-
tait l'heure du souper. Pourquoi ce silence,
cette obscurité ? La maison était-elle déserte,

11

abandonnée ? Il rampa jusqu'au seuil de la
porte. On parlait à l'intérieur... Et même l'on
s'y disputait à voix haute. Il reconnut aussitôt
le verbe aigu de la Roumanenque et celui,
plus gros, de Fonsagrives. La veuve du passeur disait :

— Elle ne fait que suer et trembler ; les nerfs !
A mon sens, c'est peu de chose. Et, d'ailleurs,
on ne meurt pas d'amour !

Avait-il bien entendu ?... Quoi ! son trésor,
sa reine souffrait et souffrait du mal dont il
était atteint. O mon Dieu !... Cela lui fit peine
et plaisir à savoir. On babillait de plus belle
au dedans de la bâtisse. Il retint sa respiration
et comprima de ses deux mains les battements
extraordinaires de son cœur : il était tout
oreilles.

Le langueyeur parlait à son tour :

— Elle était bien rouge tout à l'heure, répéta-t-il trois ou quatre fois. Attention ! il ne
faudrait pas que cela tournât à mal.

Qu'avait-on dit ? Était-ce bien vrai ? Comment ! Elle était là, là, malade, fort malade,
séparée de lui rien que par un mur, et ce mur,
il lui était interdit de le franchir. « Oh ! c'était
terrible ! oh ! c'était affreux ! » Au moins vingt
fois en une minute et cent fois en un quart
d'heure il eut envie d'entrer de force chez les
Rouma pour embrasser son amie : il ne crai-

gnait ni la Roumanenque ni son frère, et rien
ne l'eût arrêté s'il n'avait pas eu peur de trou-
bler la chérie et de la rendre plus souffrante
en la troublant.

« Oh! du moins, si pour l'amour d'elle, je
n'entre pas là, je ne bougerai d'ici que je
ne sache du nouveau! » se dit-il en se réfu-
giant dans une vigne qui touchait presque à
la maisonnette; après quoi, tremblant, immobile sous les ramures, il tint ses yeux braqués
sur la chambre d'en haut, jusqu'à ce qu'il s'af-
faissat sur lui-même, écrasé de fatigue et toujours trempé jusqu'aux os par l'eau limoneuse
et glaciale de la rivière. Le soleil était déjà
levé, lorsqu'il s'éveilla tout en sursaut croyant
entendre à ses oreilles une voix bien connue
qui l'appelait : aussitôt que ses yeux furent
ouverts, il aperçut, en effet, une des plus sûres
compagnes de Janille, la Quorate de Pignerox
qui l'examinait avec anxiété.

— Que tu m'as fait peur, bouscassiè, dit-elle ;
ah! foi de moi! piètre et terreux comme te
voilà, je t'ai cru mort dans ma pièce.

— Je voudrais bien l'être; oh! mon Dieu!
très chère, si tu savais...

— Pour voir, parle.

Il ne se fit pas prier et raconta ce qui s'était
passé, tous ses chagrins.

— Sois sage. Reste là, dit la mâtine après

avoir attentivement écouté la confidence ; attends-moi, je reviens sur le coup. »

Elle descendit trottant menu vers la rivière, et Guillaume, se soulevant au-dessus des souches, la vit entrer chez le passeur : elle en ressortit presqu'aussitôt et remonta le coteau, tout essoufflée.

— Eh bien, que dit-elle ?

— Un moment, laisse-moi respirer un peu, je t'en prie.

— Ah ! méchante Marion.

— Oui, je sais que ce n'est pas pour moi que tu lèches mes mains... Or donc, voici la chose : Elle n'aime et ne veut aimer que toi. Tu la verras bien sûr avec son oncle au prochain marché de La Française. Elle te conseille de ne pas trop te montrer aux environs de Sainte-Livrade et d'avoir un peu de patience jusqu'au jour du marché. « Qu'il ne se désole pas, je « l'aime de tout mon cœur et je vais mieux, tout « s'arrangera, je l'espère », m'a-t-elle dit comme je la quittais. Voilà ! C'est tout. Es-tu content ? Suis-je méchante ?

— Après elle, Quorate, je te le dis comme je le pense, tu es bien la plus jolie plante de la contrée.

— Écoute encore, étourdi, monte à travers ces souches jusqu'à la cime du coteau, puis ensuite, regarde de ce côté-ci, fit-elle en désignant une des fenêtres de la maison de Rouma.

Comprenant à merveille, il eut bien vite escaladé la rampe ; Janille, à sa croisée, agitait un mouchoir blanc. Il la vit très bien ; elle était un peu pâle, la pauvre mignonne, et paraissait avoir bien perdu. Du bout des doigts, elle lui envoya deux baisers ; il les lui rendit au double, et, plaçant sa veste, qu'il avait dépouillée, au bout d'une longue branche d'arbre, il la secoua jusqu'à ce que la croisée eût été refermée. Alors, il revint chez lui, la jambe alerte et la joie au cœur : « On ne l'avait pas oublié. Sa fidèle l'aimait toujours autant. Il le savait bien, pardi ! Patience ! Le jour du marché serait bientôt venu. Les affaires s'arrangeraient. Il touchait à la fin de ses misères. » Et ce disant, il dansait de joie. En arrivant à la Crête-des-Chênes, il rayonnait. Plus de tristesse, au diable les soucis ! il but, mangea, travailla, dormit ; la nature n'avait pas cessé d'être belle, et le soleil n'avait jamais été si luisant.

Le mercredi, jour du marché, se fit bien attendre un peu, mais il vint tout de même à la longue. Parti de la forêt au chant de l'alouette, Inot entrait à La Française avant que les paysans d'alentour et les marchands forains, gent matinale s'il en est, y fussent arrivés. En quelques minutes, il eut parcouru la ville.

Assuré que Janille ne s'y trouvait pas encore,
il alla s'asseoir en face du portail de l'église,
au bord de l'Esplanade ; il verrait très bien de
là le langueyeur et sa nièce gravir la côte. Au
bout de plusieurs grosses heures d'attente, et
comme il commençait à s'impatienter, il aperçut
enfin Fonsagrives qui s'avançait seul. Tout seul !
la chose était bien étonnante ! Où donc était
son accordée ? Marchait-elle derrière son oncle
avec des femmes du pays ? Oui, c'était probable. Elle paraîtrait bientôt au tournant des
pentes. Il la voyait, il l'entendait presque. Encore un petit moment, elle serait là... Mais
non, elle ne se montrait pas du tout. La foule,
animaux et chrétiens, arrivait à la file, de tous
côtés, tout le monde arrivait, tout le monde,
hormis elle.

« Est-ce qu'on l'avait retenue là-bas ? Oh !
que non ! Après tout, il n'était pas encore tard ;
à peine midi. Raisonnablement elle ne pouvait
être rendue : il y a loin de Sainte-Livrade à
La Française. »

Ainsi se désolant et se consolant tour à tour,
Guillaume s'aveuglait à regarder les gens qui
se faisaient de plus en plus rares au long de la
montée, et cependant le temps passait. L'horloge de la commune sonnait les heures d'abord
si lentes et qui galopaient à présent. Midi,
personne ; une heure, rien.

« Ah ! pour le coup, bernique ! Janille, hélas !
ne viendrait pas. »

Ahuri, troublé, ne sachant que faire, Inot se
mit à courir au hasard devant lui. Le cœur lui
battait fort. Il était si pâle et si hagard que les
gens du pays assemblés sur la Place de la
Volaille se retournaient pour le suivre des
yeux et se le montraient du doigt. On savait
toute son histoire. Les mots pleuvaient, grê-
laient, emportant la peau. Que de venin ! Chacun disait la sienne.

En somme, on était d'accord :

« La jeune Roumanenque était une sotte
idéale et travaillée du diable, elle avait refusé,
sans y regarder à deux fois, bien des laboureurs
cossus aux poches bourrées de papier ayant
cours et de pistoles ; elle leur préférait un
pauvre misérable marche-sans-sabots qui ne
gagnait pas seulement de quoi manger deux
onces de viande une fois l'an. Heureusement
pour la poulette, sa mère y voyait clair et
chantait un autre refrain. Elle avait coupé
crête, ailes, éperons et sifflet au coq ; elle avait
tranquillement congédié le prétendu. Bref, cette
alliance, qu'on avait crue cimentée à chaux et
à sable, était démolie. Fonsagrives le langueyeur avait dit au dernier marché de Cazes-
Mondenard, et ce en présence de plus de deux
cents témoins, que c'était une affaire finie, bien

finie, tout à fait finie, et que nul n'entendrait
sa nièce et son courtisan à elle dire oui devant M. le maire ni devant M. le curé. D'ailleurs, l'ambitieux, qui était tombé au sort,
n'avait pas longtemps à rester au pays : droit
comme un arbre et solide comme un roc, ayant
tous ses membres en règle, la bouche bien gar-
nie et capable de mâcher la cartouche, un
estomac de fer, il serait reconnu propre au service et vite envoyé sous les drapeaux. Il partirait, c'était sûr, avant les prochaines flammes
de la Saint-Jean. A la longue, la mijaurée par-
viendrait bien à se consoler du départ de son
galant ; elle était trop drue pour manquer
jamais de partis : elle n'avait qu'à lever le
doigt pour se faire épouser. Plus d'un particulier possédant prés au fond des combes et
vignes sur les *pechs,* des terres de première
qualité, libres et franches d'hypothèques, des
boisseaux de piécettes jaunes et de bon poids,
la guignaient de l'œil et ne demandaient pas
mieux que de se rendre avec elle par-devant le
notaire pour y passer l'acte des fiançailles. Il
faudrait bien qu'elle se décidât à se marier un
jour ou l'autre. Elle se marierait, la fine gou-
jate ! plutôt deux fois qu'une, pardi bien ! et
jamais, jamais plus, à La Française ni ailleurs
dans la contrée, il ne serait question du bouscassiè de la Crête-des-Chênes, destiné proba-

blement à ne point revenir de l'armée et à y quitter ses os, le vaut-pas-cher ! enfant de quelqu'une et non pas de quelqu'un. »

Allant à droite, à gauche, en avant, en arrière, ici, là, partout, Inot, borgne de chaque œil et sourd des deux oreilles, errait comme une âme en peine à travers ces discours et gesticulait et se parlait à lui-même, tout haut, sans en avoir conscience. On le suivait des yeux, on se le désignait du doigt, il n'était question que de lui, rien que de lui.

— Voyez, gens, disait-on, voyez-le, il a perdu la carte ; il ne fait que broncher.

Il trébuchait, en effet, à chaque pas et regardait le monde à la façon d'un homme abasourdi tombé d'on ne sait d'où.

Vraiment, il faisait pitié.

Comme, pour la centième fois peut-être, il longeait la grand'rue, il se trouva tout d'un coup nez à nez avec la Quorate, qui « le cherchait partout, ayant bien des choses à lui dire entre quatre yeux et tout bas dans une oreille. »

— Oh ! s'écria-t-il en élevant les mains, à ta mine je vois et je sens que tu vas m'apprendre un gros-gros malheur !

— Innocent, tais-toi donc.

Elle parvint à le calmer en lui jurant que Janille se portait aussi bien que possible et

12

l'aimait lui, Guillaume, autant que jadis et
même plus.

— Mais où est-elle? répétait-il à tout instant,
et pourquoi ne l'ai-je pas encore vue? Elle devrait être ici depuis longtemps.

— Sa mère l'a empêchée de sortir; elle n'a
pu quitter Sainte-Livrade.

A cette nouvelle, Inot eut bras et jambes
cassés, et, fort alarmé derechef, il fit bientôt
entendre toutes sortes de plaintes.

— Il ne faut pas te désoler comme ça, reprit
la commissionnaire; les choses, que diable! ne
vont pas de mal en pis. Elle est d'accord avec
son oncle. Il est ici, Fonsagrives; va le trouver,
il te recevra bien, très bien; il t'estime, il veut
le mariage, lui.

— Mais c'est elle, elle que je réclame. Où,
quand la rencontrerai-je, à présent?

— Ici même, le jour de la Foire des Chiens.
Elle y viendra n'importe comment, tu peux
tout à fait y compter.

— Le jour de la Foire des Chiens! Que dis-
tu? Pas plus tôt?... Autant ne plus la voir jamais, alors!

— Mon Dieu! deux semaines sont cependant
si vite passées.

— Quinze jours! Attendre quinze jours.
Écoute, Marion, mon amie, écoute...

— Eh bien?

— Oh! Quorate!...

— Ne te tourmente pas, voyons, et tâche de
ne pas lâcher trop de sottises.

— Oh! tiens! dit-il exaspéré, je te le jure,
brunette, je me coucherai comme un chien
dans un coin et n'en bougerai plus.

La messagère avait beau faire, avait beau
dire, il n'avait plus d'espérance, il n'avait plus
de courage, il n'irait pas parler au langueyeur...
A force de prières et pour obéir au vœu de
Janille, il se rendit pourtant. Inquiet et blême,
il alla rôder sur la Place aux Cochons. Fonsagrives, facilement reconnaissable à son chapeau
rouge qui lui servait d'enseigne, pratiquait
joyeusement : habit bas et manches de chemise
retroussées jusqu'au coude, il terrassait, à l'aide
d'un bâton de houx, porcs, truies, gorets et
verrats aborigènes et exotiques ; ensuite, il
examinait si la langue ou les yeux ou le groin
de ces animaux, que, avant de conclure marché, les propriétaires et trafiquants de bestiaux
avaient soumis selon le rite à son décisif arbi-
trage, ne recélaient point de stigmates de ladre-
rie ou la preuve de tous autres vices compris
dans les cas rédhibitoires. On faisait le cercle
autour de lui. Ses saillies avaient du succès.
Emphatique et goguenard, il opérait et pérorait.

— Hé! *langoyûr,* fit Guillaume en langue
romane ; ohé *Founsagribos,* ohé !

Celui-ci, qui l'avait bien vu venir à travers bêtes et gens, se retourna d'une seule pièce et s'écria tout à coup comme un homme que l'étonnement renverse, et saisi de pitié :

— Bah ! Vraiment, c'est toi. Quelle triste figure tu fais, garçon. Ah ça ! mais que se passe-t-il ? Es-tu malade ? On dirait que tu vas tomber. Qu'est-ce donc ? Approche, sonne. Qu'est-ce que tu as, bouscassiè ? Tu ressembles au chevalier Jean de la Désolation et tu peines comme lui. Le diable soit ! Tu me troubles tellement avec ton menton pointu long d'une aune, que je suis tout à fait sens dessus dessous et que je vois, les Anges me bercent et les Saintes me grattent ! la lune, cette garce de lune en plein midi. Parle, voyons ? Veux-tu que je quitte la besogne ? As-tu besoin de moi ? Dis tout de suite. Que te faut-il ? Du courage ? En voici. Mon sang ? On peut s'ouvrir la veine pour t'être agréable. Allons, dégrafe les dents et remue la langue, s'il te plaît. Que puis-je pour toi, le « langoyeur » que je suis ?

A cette multiplicité de questions, à ce torrent de mots exhalés tout d'une haleine, Inot ne sut d'abord que répondre et resta longtemps bouche béante ; enfin, harcelé sans relâche, il osa s'expliquer nettement. En trois mots, il eut dit. Alors le rusé compère prit un air lamentable, leva les bras au ciel et jura par les trois

Dieux, le Père, le Fils et la Colombe, que si les choses ne dépendaient que de lui, elles seraient bientôt arrangées. Il désirait, lui, Fonsagrives, de mener à bonne fin un mariage préparé par feu son beau-frère le pauvre Rouma ; prêt, il était prêt à tirer les écus du sac pour acheter un homme au « citoyen » et faire en même temps plaisir à la « citoyenne » ; il était prêt à faire tout et même davantage ; il n'exigeait, lui, le bon apôtre, avant de se mettre en train, qu'une chose, une simple petite chose : le consentement de la Roumanenque ! « Car, après tout, dit-il en manière de péroraison, ma sœur est la mère de sa fille, et moi je ne suis que l'oncle de ma nièce ! »

A défaut d'autre, le garçon dut se contenter de cette unique raison que son interlocuteur, expansif au possible, appuya de force embrassades et répéta, sans se lasser, à bouche que veux-tu, jusqu'au moment qu'ils se quittèrent au plus épais de la foule qui les épiait, en ouvrant tous ses yeux.

En définitive, il avait beaucoup parlé, mais au fait, qu'avait-il dit, l'oncle ? et comment démêler à travers son verbiage une intention bonne et qui fût arrêtée tant soit peu ? Coûte que coûte, il fallait attendre qu'il s'expliquât clairement. Attendre ! et justement c'était là le difficile ; ne pas voir Janille avant la Foire des

Chiens ! A quoi se distraire et que devenir jusque-
là ?... La solitude qu'Inot avait autrefois tant
aimée et tant recherchée lui était maintenant
insupportable... Il appréhendait de se trouver
seul, en forêt. Au milieu du silence, il s'écoutait
trop, il s'entendait trop, et les choses qu'il se
disait sans cesse l'effrayaient et le tuaient. En
ce moment, il préférait vivre partout ailleurs
qu'à la Crête-des-Chênes, mais de quel côté
tirer ? Où se rendre, où ?...

Fort perplexe, il se rappela par hasard que
Janty Baboulêne, le cantonnier de Saint-Guillaume le Tambourineur, lui avait appris qu'à
Moissac on avait besoin de journaliers jeunes
et solides et qui sussent nager ; il s'agissait du
dérochement d'une digue sur l'emplacement de
laquelle on se proposait de jeter les piles d'un
pont.

« Le bruit de l'onde, pensa-t-il, m'empêchera
probablement de faire attention à celui qui se
passe dans ma tête, et, par ainsi, je serai peut-
être moins malheureux. »

Et, ce disant, au lieu de prendre la voie qui
l'eût conduit au pied de la forêt, il suivit la
grande route royale jusqu'à Moissac. Il était
nuit, lorsqu'il entra chez la « Mère des compagnons tailleurs de pierre », où il coucha. Le
lendemain, à l'aube, il se rendit au chantier,
sur le Tarn. « — Inot, ancien bouvier-nageur

à Sainte-Livrade » : il n'eut qu'à se nommer
au surveillant des travaux, il fut embauché sur-
le-champ et se mit tout de suite à l'œuvre.
Apre besogne que la sienne ! Il avait à desceller,
à concasser sous trente pieds d'eau les assises
de la digue et devait ensuite en apporter à
force de bras les fragments dans une cuvette
en fer que, aussitôt emplie, un cric soulevait
hors de la rivière.

Obéissant, infatigable, il travaillait comme
quatre et semblait ne pas connaître le danger :
aussi le chargea-t-on de certaines opérations
très périlleuses et très difficiles devant lesquelles avaient reculé les hommes les plus
rudes du pays ; il les accomplit à souhait, tranquillement. Une chose étonnait surtout les
autres ouvriers : comment s'y prenait-il pour
rester si longtemps sous l'eau, sans respirer ?
Avait-il un secret pour cela ?

— Tirons le câble, s'écriaient-ils parfois, his-
sons-le ; il doit être étouffé.

Les cordes étaient amenées, qui lui ceignaient les reins ; il émergeait, triste et calme,
et disait, interrogeant tous ceux qui se trouvaient autour de lui :

— Pourquoi me déranger ainsi, gens ? Et
pourquoi me remonter à l'air avant que je vous
en avertisse par les signaux convenus ?

A d'autres moments, au contraire, il sortait

spontanément du Tarn, s'asseyait effaré sur les charpentes de l'échafaudage, et, comme frappé d'épouvante, écoutait clapoter le courant. Il n'en fallut pas davantage, cela suffit pour qu'on lui trouvât l'esprit de travers, et même quelque chose de fatal dans le regard.

« Qui sait ? il a peut-être commerce avec le Diable, murmuraient les mercenaires, il ne mange rien, il ne boit pas ; à l'auberge on l'entend soupirer toute la nuit ; il ne dort jamais, et crèverait pourtant à la peine le plus vaillant et le plus fort d'entre nous ; il y a là quelque chose de plus ou de moins ! Ensuite il se lève et va courir quand il n'y a pas de lune ! Où va-t-il errer ainsi, la nuit ? où va-t-il ? »

L'on ne se trompait pas absolument, il ne dormait guère et vagabondait souvent, lorsqu'il faisait noir. C'était bien lui qu'un roulier avait rencontré deux fois, à minuit, près de la Cappelette, au centre du carrefour des Nonnettes, à cinq lieues de Moissac et tout au bout de la côte de Saint-Guillaume le Tambourineur ; c'était lui, certainement, encore lui qu'un pêcheur avait vu, bien avant le lever du soleil, debout sur une roche et non loin des ruines du moustier de Sainte-Livrade... Oh ! oh ! qui sait ? il fréquentait vraiment, en ce cas, les sorciers et les loups-garous, et n'avait-on pas tort de se signer quand, le matin, il entrait au chantier, les yeux rouges, mal peigné, tout fangeux et piètre comme la mort.

« Attention ! Ne frayons pas avec lui, disaient les plus superstitieux ; si, par hasard, il touchait du petit doigt de sa main gauche les paumes de nos mains, ça nous porterait malheur un jour ou l'autre, à coup sûr : il est maudit. »

Une fois entrée dans la tête de la plupart des gens employés aux travaux de la digue, cette idée y grandit très vite, et ceux-là qui passaient pour ne croire ni à Dieu ni à diable, en vinrent bientôt eux-mêmes à la prôner à l'envi ; pour quel motif ? un d'assez étonnant et que voici :

Le dimanche qui suivit son admission au chantier, Inot, avec quelques autres plongeurs de rivière, se leva de très grand matin et partit, en leur société, pour Montauban, afin de s'y procurer un objet de grosse quincaillerie, lequel, absolument indispensable à la besogne commune, était tout à fait introuvable à Moissac. Arrivés entre neuf et dix heures de la matinée au faubourg de Ville-Nouvelle, on prit une « aillade » au *Cheval gris*, et, le ventre plein, on alla tous ensemble au quincailler. Emplettes faites, on visita les places et les églises nombreuses, on parcourut toutes les rues de la riante capitale du Bas-Quercy, puis

13

ensuite on repartit, chacun ayant sa besace au
dos et son bâton de voyage à la main. Au
moment de sortir de la ville et comme on
passait devant le bureau de l'octroi, quelqu'un
de la compagnie ayant proposé de traverser le
Cours, on franchit le fossé qui le sépare de la
route royale et l'on marcha dans l'herbe, sous
les vieux arbres moussus des quinconces, jusqu'à la pointe occidentale de la grande prome-
nade urbaine et là, causant et raillant, on s'é-
tendit sur un parapet de briques et l'on regarda
couler à cent pieds au-dessous de soi la rivière,
ondoyante et bruyante, entre les deux superbes
moulins si renommés, celui des Albarèdes et
celui de Ville-Bourbon.

Un temps très beau ! L'on était au commen-
cement d'avril et le soleil éclatait comme en
juin.

Assise à l'embouchure du Tescou, sur les
bords du Tarn qui la coupe en deux, la ville,
avec son pont hardiment maçonné, ses clochers
joyeux emplis de carillons, ses maisons en brique
cuite d'un beau rouge exposées au levant, celles
du faubourg toulousain baignant dans l'eau,
son coquet hôtel municipal à pavillons co-
niques, ses quais où règnent encore des vestiges
des remparts que rasa Richelieu, son île étroite
et charmante, écrasée à demi sous le poids de
grands peupliers toujours verts et minée d'un

côté par les eaux, la ville, au-dessous des coteaux ondulés du Fau qui lui font un lointain
d'ombre douce et de verdure, la bonne Ville
et Cité Montalbanaise, autrefois Montauriol,
sommeillait en pleine lumière sous ses cieux
cléments et magnifiques, et le ciel, sans tâche
aucune, avait, ce jour-là, le bleu pur des ciels
de l'Italie.

— Aimable et bien plaisante localité! dit
Inot qui, quoique ravi d'admiration, pensait à Janille et eût voulu la voir profiter du
coup d'œil; il y a du monde et du soleil partout!

En effet, à droite, à gauche, en maints endroits, sur les deux berges du Tarn et notamment sur celle que le Cours surplombe et couronne, on ne voyait que promeneurs de l'un et
de l'autre sexe, endimanchés : artisans, ou-
vrières des faubourgs, militaires et bonnes
d'enfant, bourgeois avec leurs femmes. Au bas
du plateau, vers les Albarèdes, surtout au
lieu dit de La Fontaine-des-Folles, où les gens
du peuple ont coutume de boire bouteille et de
se divertir, dimanches et fêtes, il y avait foule,
et, parmi les rumeurs qui sans cesse en sor-
taient, on distinguait de temps à autre un
grand bruit de voix d'hommes et les aboiements enroués et furieux d'une troupe de
chiens.

— On se bat peut-être là-bas ; si nous allions
y voir ?

— Allons-y !

Guillaume eut beau dire qu'il se faisait tard
et qu'on avait un « bon bout de *ruban* à suivre
pour aboutir à Moissac », on ne voulut aucunement l'entendre et l'on fit même mieux ; on
l'entraîna. Tandis qu'on approchait d'une basse
hôtellerie en plein vent où le monde abondait
plus que partout ailleurs, la clameur persistait
sans cesse grandissante et l'on se trouva bientôt au milieu d'une bande d'individus qui se
disputaient en se mettant réciproquement le
poing sous le menton et les yeux vis-à-vis. Hi-
deux la plupart, quelques-uns en guenilles, ils
tenaient tous en laisse d'énormes dogues écu-
mants, saignant de la mâchoire, les yeux hors
de l'orbite et le corps scarifié de coups d'ongles
et de coups de crocs.

— Eh ! donc, amis, quels sont ces chevaliers
qui s'amusent à faire battre entre elles ces
bêtes à moitié folles de colère et toutes décou-
sues ?

— Ce sont les bouchers de la ville et les
équarrisseurs.

— Enfuyons-nous d'ici, camarades, croyez-
moi !

Mais, loin de se rendre à l'avis du bouscassiè
qui leur conseillait toujours de ne point s'ar-

rêter là, ses compagnons se faufilèrent au plus épais de cette gueusaille où, tapageant et sacrant, erraient quelques soldats de la garnison, en goguette, et trois ou quatre hercules forains en maillots couleur de chair, sous pantalons et blouse d'ouvrier. Épanoui, glorieux comme un paon et taillé comme le colosse de Rhodes, un de ces derniers, élevant subitement sa voix aussi rauque que celle des dogues, interpella un grand vaurien à face odieuse, lequel, sentant le relent et la boisson, lavait au revers d'un fossé son chien hurlant tout meurtri :

— *Caillet* (équarrisseur), si tu voulais prêter le local que tu surveilles, on pourrait rire et gagner quelques liards ; il y a des *coui-coui* tout préparés, ici ; moi, moi-même, je les ai apportés, ils sont là.

Ce disant, le fier-à-bras indiquait un vaste baraquement à toit de dosses, à l'intérieur duquel on apercevait, remisés derrière la porte béante, un tas de planches de sapin et des chevrons.

Sans lever la tête, et se grattant la nuque, l'autre grommela.

— Part à deux, oui ; sinon, non.

— A deux, soit !

— En ce cas, c'est convenu, vas-y d'aplomb et tout de suite.

Ils disparurent l'un et l'autre dans l'ombre de

la spacieuse remise, et lorsqu'après un assez
long moment, ils en ressortirent tous les deux
ensemble, on les vit agiter à qui mieux mieux
un gros paquet d'étoupes enflammées et crier
à pleins poumons :

— Ohé! là-bas! Ohé! margoulins, rappliquez
donc ici!

Sans doute, on savait très bien à quel spectacle ces paroissiens-là conviaient la foule, car
beaucoup de personnes se retirèrent en murmurant : « Tas de cochons! » et d'autres, au contraire, accoururent, très empressées, à l'appel de
l'hercule et payèrent à la porte les deux sous
d'entrée exigés par lui.

— Viens donc, Inot, enfournons là, lui dirent
ses camarades.

— Allez voir, vous autres, je reste ici. Vous
me direz, en sortant, si c'était joli. Pour moi,
je pense que rien de bon ne peut provenir de
ce sauteur ventru à tête d'oiseau et dont chaque
jambe, je gagerais, pèse au moins un quintal.

Les plongeurs de rivière pénétrèrent à la
queue leuleu dans la baraque.

Huit ou dix minutes après qu'ils s'y furent
introduits, il s'en échappa de petits glapisse-
ments si bizarres et si plaintifs, entremêlés
d'aboiements si féroces et d'éclats de rire si bar-
bares que Guillaume, l'ami des bêtes, qui se
promenait au dehors de long en large, en son-

geant à ses amours, s'arrêta sur place et se dit, ému :

« Qu'est-ce qui se passe donc là-dedans ? il semble, par ma foi, que quelqu'un y pleure et réclame du secours !

Et, malgré soi, les singuliers gémissements, se faisant à chaque seconde de plus en plus lamentables et déchirants, il courut jeter un coup d'œil dans l'enceinte, à travers les interstices de la charpente.

« Oh ! les scélérats, s'écria-t-il presque aussitôt en se rejetant tout frémissant et tout blême en arrière, les sacripants, les païens, les bourreaux !

Il venait, en effet, de voir une chose horrible, trop souvent pratiquée en Quercy et dans certains autre pays du Languedoc, où, généralement, on se délecte à l'aspect et à l'odeur du sang.

Enduits de térébenthine à laquelle on avait mis le feu, chacun d'eux ayant ses quatre petites pattes clouées sur deux planchettes de bois blanc entre-croisées, six ou sept pauvres rats brûlaient tout vifs, entourés de bouledogues qui montraient à chaque instant les crocs de leurs ignobles gueules camuses, et c'était pitié que de voir les crucifiés se tuant à dégager leurs membres sanglants, agoniser dans les flammes et craindre encore, au milieu

de leur atroce agonie, un coup de dent que les
chiens, en dépit des profondes brûlures qu'ils
s'étaient déjà faites aux babines ainsi qu'aux
gencives, hasardaient de nouveau, de temps en
temps, entre deux bonds. Et la chose, enfin, arriva!... Le dogue affreux de l'équarrisseur à qui
l'hercule avait proposé l'entreprise, habitué depuis longtemps à ce genre d'exercices, sauta de
côté sur les malheureux rongeurs qu'il *boula*
dans la poussière, éteignit adroitement le feu
qui les consumait ; ensuite..... au lieu de happer
sa proie après l'avoir envoyée en l'air à plusieurs reprises, ainsi qu'on s'attendait à le lui
voir faire, il s'abattit, assourdissant les gens de
ses cris, et se traîna sur le ventre, une des deux
pattes de derrière en très piteux état et les reins
à demi brisés.

Inot venait d'apparaître, son pal de cornouil-
ler à la main.

Écarter les tortionnaires qui donnaient un
tel spectacle, élargir le cercle des curieux, se
jeter sur les autres dogues aboyant avec furie
et piétiner sur leurs corps, enfin, donner le
coup de grâce aux martyrs à peu près calcinés
sur leur croix : une seconde lui suffit pour
accomplir tout cela.

D'abord personne ne bougea, mais le premier étonnement passé, chacun de ceux qui se
trouvaient là regarda son voisin, et bientôt

tout le monde se mit à crier d'un seul jet, en
menaçant l'intrus campé debout et les bras croi-
sés au milieu de la baraque :

— A la porte ! le paysan ! A la porte, à la
porte !

Immense et lourd, le bateleur, alors, étendit
ses mains aux doigts spatulés, et par ce simple
mouvement, ayant arrêté tous les cris et toutes
les menaces, il gronda sourdement dans ses
crins de brute et puis, ensuite, avec un sourire
féroce :

— On se charge de ça, dit-il ; hop ! qu'on se
recule un brin.

Ayant dit, il retroussa les manches de sa
chemise de couleur, et ses bras monstrueux et
velus, avec des veines et des tendons roides
comme des cordes, se montrèrent à tous les regards.

Inot, les yeux emplis de commisération,
examinait, en ce moment même, si les suppli-
ciés étaient bien morts et ne souffraient plus.
Sentant tout à coup un poids écrasant s'appe-
santir sur ses épaules, il releva la tête, et dans
la fumée et dans la poussière condensée au-
dessus, bien au-dessus de son front, il aperçut
la face empourprée, orgueilleuse et sotte de
l'hercule forain.

— Eh bien ! dit-il, l'homme ! Que te faut-il ?
Que me veux-tu ?

14

L'autre répondit :

— Te fouetter le cuir, moutard ; abaisse tes culottes...

— Insolent !

On rit d'abord à gorge déployée ; ensuite on redevint sérieux en voyant le poing colossal et carré du saltimbanque se balancer dans l'espace et prêt à broyer le crâne de Guillaume, pris au collet ; on se regardait en silence, et tout à coup on fit :

— Ah ! mon Dieu ! »

Le géant, ayant reçu deux coups de tête successifs au creux de l'estomac, gisait sans connaissance et comme une masse inerte à terre, étendu de tout son long sur le dogue estropié du chenapan, et c'était lui, le croque-mitaine, lui qui s'était proposé de fesser le morveux, que le morveux fustigeait à tour de bras.

— Oh ! mais ça, c'était nouveau ; quel pendard, ce malingre-là !... »

Malheureusement, cette affaire, qui plut à quelques-uns, déplut au plus grand nombre. Équarrisseurs et bouchers, suivis de leurs chiens, se ruèrent tous ensemble sur le « paysan ». Un contre trente ! En vérité, que pouvait-il, le brave ? Tout d'abord, il se contenta de se tenir à la parade, évitant les morsures des bêtes et les poings des hommes, et ne ri-

postant guère. Souple comme pas un et d'une
adresse prodigieuse, il fit vingt fois le tour de
la baraque, se glissant entre les crocs des uns
et passant sous les mains des autres, et l'on
eût même dit que, de tout cela, il se faisait un
jeu. Mais, brusquement, il changea de manières
et se battit pour de bon. On l'avait poussé,
froissé, blessé traîtreusement par derrière. Il
saignait d'une déchirure au cou. Son sang coulait sur sa poitrine et parfois de grosses gouttes
lui ricochaient sur la figure et sur les poignets ;
encore, si l'on s'était contenté de déchirer sa
peau ! mais on avait mis en pièces sa blouse,
ô douleur ! ô colère ! ô rage ! la belle blouse
bleue que Janille avait de ses fines mains
adroites soutachée de galons blancs. On allait,
pour le coup, lui payer ça ! Dès lors, il fut sans
quartier. Une vraie bataille commença. Frappant, frappé, il cognait des coudes, des talons
et du crâne, le bûcheron, et bondissait en
avant, en arrière, ici, là, partout, toujours in-
saisissable et meurtrier comme une bête des
bois. On avait beau lui faire des mines de
hyène et de serpent, il n'éprouvait en son âme
aucune sorte de terreur. Hommes et dogues, il
marquait de sa griffe aussi bien ceux-ci que
ceux-là. Souvent, acculé dans un coin de la
baraque, il se secouait couvert de doigts et de
gueules, et les doigts et les gueules semblaient

aussitôt se retirer d'eux-mêmes et lui livrer
passage. En un clin d'œil, il eut mis hors de
combat la plupart de ses adversaires, et ceux
qui restaient encore intacts hésitèrent un moment à renouveler la lutte. Une circonstance
fortuite leur donna du renfort et les envenima
de nouveau. Dans la mêlée, un soldat de ligne
de la garnison, ayant reçu du « dégourdi », qui
ne les lui destinait point, deux ou trois coups
qui lui crevèrent son shako, dégaîna. Son
glaive et lui disparurent à l'instant, escamotés.
Ami du fantassin, un dragon voulut, lui, faire
usage de sa latte : accroché par la crinière de
son casque, que les jugulaires passées sous son
menton retenaient, il fut traîné désarmé dans
la poussière, et puis, à son tour, envoyé par-
dessus les têtes ambiantes sur un monceau de
planches, où, traqué de trop près, le « mai-
griot » enfin se réfugia. Voyant que deux de
leurs camarades avaient été abîmés par ce petit
bougre, huit ou dix autres militaires, hussards,
lanciers et chasseurs de Vincennes, au lieu de
continuer à se borner au rôle de témoins, se
mirent de la partie, et, faisant cause commune
avec les bouchers, ils se précipitèrent comme
eux, pêle-mêle, sur les voliges branlantes, qui
s'entr'ouvrirent à l'improviste, engloutissant une
dizaine d'hommes. Assailli de toutes parts, le
garçon, à la fin, était en grand péril. On le

cernait, on le touchait, toutes les mains s'allongeaient vers lui, crochues et cruelles ; il était pris, on le tenait... Tout à coup, il se rejeta d'un grand élan en arrière, et, cette fois encore, il parvint à se délivrer. Rapide comme la pensée qu'il venait d'avoir, il atteignit en trois sauts le fond de la baraque, et tous ceux qui, le croyant aux abois, s'étaient lancés à ses trousses, rétrogradèrent intimidés : il avait entre les mains un baliveau de chêne noir que pas un d'entr'eux n'eût peut-être pu soulever, et ce baliveau dansait et voltigeait autour de lui. Tant d'adresse et tant de force chez ce blanc-bec de taille moyenne et presque grêle avaient singulièrement refroidi la fureur des plus acharnés, et ce fut vraiment de la peur qu'on éprouva quand on vit ce gringalet, échevelé, sanglant et le torse nu, sa blouse et sa chemise ayant été toutes les deux mises en lambeaux pendant la bataille, se planter sur le seuil de la porte d'entrée, unique issue du bâtiment, et là, toujours armé de son étrange massue, un de ses pieds sur le flanc de l'hercule encore étourdi, dire très froidement, à peine essoufflé :

— Malhonnêtes que vous êtes, vous méritez de périr comme ces chers ratons que vous avez fait griller sur la croix. Il faut m'indemniser de ma chemise et de ma blouse déchirées en trente

mille morceaux, autrement, sans ça, personne
de vous ne sortira d'ici. Ma chemise, le tisse-
rand de La Lande me la compta trois livres
dix sous ; il y a cinq sous en plus pour la
façon ; quant à ma blouse, elle m'a coûté bien
près d'une demi-pistole à la dernière foire de
Moncuq... Allons, déboursez, bandits, il le
faut !

On se regarda de toutes parts avec effare-
ment et puis... on paya sou à sou le Bouscassiè.

Dédommagé comme il avait voulu l'être, celui-ci tira de sa besace, qu'il venait de retrouver à ses pieds, une veste de cadis dont il se
couvrit séance tenante, et, cela fait, il dit à ses
quinze ou vingt compagnons de travail, que son
action avait, dès le début, paralysés et glacés
d'effroi :

— Réveillez-vous, les amis ! En route ! Et
pour réparer le temps ici perdu, ouvrons bien le
compas ; en route !

On le laissa partir avec son escorte de paours...

Honteux bientôt, cependant, de leur insigne
lâcheté, les bouchers, ayant rassemblé leurs
dogues, se mirent en toute hâte à sa poursuite
et lui jetèrent de loin des cailloux. En entendant ronfler les pierres à leurs oreilles, ses
camarades, de peur d'être lapidés, prirent leurs
jambes à leur cou et s'enfuirent à travers

champs. Seul, il continua de marcher à son pas
ordinaire et sans s'inquiéter le moins du monde
des projectiles qui pleuvaient sur la voie auprès de lui. Toutefois, comme on finit par se
rapprocher un peu trop de ses talons et que,
ma foi, l'on commençait « à le lui dire de fort
près », il s'abrita sous une haie, à la hauteur de
la Tour de Capoue, où la route royale forme
un coude, et courut sus aux brigands aussitôt
qu'ils apparurent au tournant du chemin. A
l'aspect imprévu du « paysan » qui fondait sur
eux tête baissée, ils firent tous immédiatement
volte-face, et, s'étant débandés au plus vite, ils
s'éparpillèrent tout penauds, qui d'un côté, qui
de l'autre, et ne se montrèrent plus.

Au milieu de la nuit, Guillaume arriva sain
et sauf à Moissac.

Ç'avait été fort bien jusque-là. Mais, le lendemain, quand, au chantier, on apprit de la
bouche même des plongeurs de rivière ce qui
s'était passé dans la ville de Montauban entre
l'hercule, les équarrisseurs, les bouchers, les
dogues, les soldats d'infanterie et les soldats de
cavalerie, d'une part, et le bouscassiè, seul, tout
seul, de l'autre, oh ! ce fut, alors, vraiment, que
les langues se débridèrent et qu'on en dit. Il
n'y eut bientôt personne qui n'avouât que pour
s'être tiré de la sorte d'un si mauvais pas, il
fallait avoir eu recours au « Drap » ainsi qu'à

tout l'enfer. En cette occasion, l'endiablé, qui
restait tant de temps sous l'eau, avait certainement été assisté par quelque invisible puissance
noire, et c'était uniquement grâce à elle, que
seul, il avait pu triompher de tant d'ennemis.
Et les têtes s'exaltant, on affirmait que le *bous-
cassièras* sentait le soufre et la poix à plein nez
et que ses prunelles roulaient un feu qui n'é-
tait pas de ce monde terrestre. « Examinez-le
bien, regardez-le, ajoutait-on en se montrant
avec on ne sait quels gestes comiques d'effroi
sa bonne longue figure sauvage, un peu morose, un peu meurtrie, aux oreilles droites et
presque pointues au sommet : il ressemble trait
pour trait à son noir patron, dont Dieu nous
garde, à l'affreux Lucifer lui-même, au roi Lucifer aux pieds fourchus, à Lucifer aux cornes
de bouc. Il appartient au Démon ; il est pos-
sédé. »

Tout le monde, à ces propos, fit chorus, et
dès lors, les esprits effrayés se montèrent tellement, qu'une huitaine de jours après, une dé-
putation d'employés à la digue se rendit chez
le conducteur des travaux, afin de lui signifier,
au nom de tous, que le chantier allait être dé-
serté, si le « *damné* » devait y rester encore. Il
fut répondu à cette sommation impérieuse que
l'ancien bouvier-nageur de Sainte-Livrade-sur-
Tarn n'avait été embauché que pour deux se-

maines seulement, et que son temps de service finissait le lendemain.

Et cela, c'était la vérité, la vérité pure ! On se trouvait à la veille de la foire de La Française.

« Ils étaient écoulés, enfin, ces quinze jours si terribles à passer, se disait à cette heure même l'amoureux tressaillant de joie ; ils étaient écoulés, enfin, enfin ! Encore vingt-quatre heures, il saurait ce que l'oncle avait décidé. Ceci, cela, tout le troublait ; il croyait et ne croyait pas au langueyeur. En tout cas, les choses ne pouvaient plus marcher de la sorte ; elles allaient à coup sûr changer de gamme et par conséquent faire entendre une autre musique. Avait-il le cœur sur la main, Fonsagrives ? Question. Ouvrirait-il sa bourse ? oui ; quelle joie ! non ; alors il faudrait s'y prendre autrement. Mais de quelle manière ? On verrait... n'importe laquelle, la meilleure ou la pire. »

Et malgré la fièvre qui le minait sans relâche, ce raisonneur ne se doutant nullement des transes mortelles dont tous ses compagnons étaient agités, travailla pendant cette dernière journée avec acharnement et ne quitta la besogne que pour se rendre à la paye. Ayant reçu une somme assez ronde et qui lui fit beaucoup de plaisir, il acheta quelques provisions et revint tout joyeux en forêt.

« Encore douze heures, il embrasserait son amante ! » Il ne songeait déjà plus aux tourments passés, il pensait uniquement au bonheur à venir. Et, ranimé par l'espérance, il écoutait le bruit de ses pieds écrasant les feuilles sèches éparses sous bois et saluait les arbres amis.

Au moment d'entrer dans sa cabane, il vit quelque chose de blanc luire sur le pas de la porte et le ramassa. C'était un papier large comme la main, carré, soigneusement cacheté, portant le timbre de la poste avec une petite image couleur bleu-de-ciel, une lettre que le facteur rural avait laissée sur le seuil du logis, ainsi que cela se pratique ordinairement en Quercy, lorsque le destinataire est absent de son domicile. Illettré, se vouant pour le coup à tous les diables, Guillaume tournait et retournait entre ses doigts l'écrit.

« Tiens ! Était-ce Janille qui lui envoyait des nouvelles ? Non, pas plus que lui-même, elle ne savait écrire ni lire. Peut-être si pourtant que c'était elle ! Elle avait pu prier quelqu'un de griffonner la lettre ; elle avait peut-être... elle avait sans doute pensé que son ami se la ferait lire. »

Imbu de cette idée, il courut au bord de l'Anet, chez un riverain qui avait été longtemps à l'école. Heureusement, il était chez lui, Za-

charid le pressureur d'huile. Aussitôt qu'il fut
mis au courant de ce qu'on venait lui demander, il s'assit sur son pressoir, dont, jadis, à la
place d'un vieux cheval aveugle de remonte,
mort, la pauvre bête, du *vertigo,* le survenant
avait, pendant quelques jours tourné la meule ;
ensuite, ayant avivé la mêche de son *kalel*
(lampe) tout fumeux, il prit la lettre, la déca-
cheta, la flaira de tous les côtés, et pendant que
son ancien auxiliaire tremblait d'impatience,
épela les syllabes, les mots, sonna les points et
les virgules, et finit par découvrir que le papier n'était autre chose qu'un avis de M. le
maire de La Française, enjoignant aux conscrits de la dernière classe et notamment au
sieur Guillaume *dit* Inot, natif de Saint-Guillaume Le Tambourineur, demeurant et domi-
cilié à la Crête-des-Chênes, quartier de Lunel,
commune et canton de La Française, arrondissement de Montauban, de se trouver, le 20 du
présent mois, à deux heures de relevée, au chef-
lieu du département de Tarn-et-Garonne, en la
préfecture de ladite bonne ville pour y passer
devant le conseil de révision et ce, conformé-
ment à la loi.

« Quoi ! voilà donc, hélas ! ce que portait
cette patente... »

Absolument déconcerté, le malheureux se retira.

Le lendemain, entre huit et neuf heures du matin, il marchait à grands pas sur le chemin de La Française. Allant à hue, allant à dia, il posait dans les ornières pleines d'eau ses pieds chaussés de ses brodequins de fêtes et dimanches, et tantôt il promenait ses doigts sur son front qui suait à grosses gouttes et tantôt il s'asseyait au revers des fossés à la guise d'un pulmonique qui n'en peut plus et va rendre l'âme. Ensuite il se relevait tout de go comme un pantin à ressorts, et le voilà reparti les mains jointes et remuant les lèvres ainsi que quelqu'un qui récite l'*Ave*. Les passants avec lesquels il n'avait jamais eu de rapports s'amusaient beaucoup à le voir agir de cette façon, et ceux dont il était un peu connu disaient en clignant de l'œil à tous les autres gens : « Ne vous étonnez pas trop de sa conduite, il a le mal d'amour et n'en peut être guéri que par la pucelle de Rouma. » Ces paroles faisaient rire aux éclats les hommes et soupirer discrètement les femmes qui murmuraient en le regardant du coin de l'œil : « Pauvre bouscassiè, pécaïré ! pauvre bouscassiè ! »

Lui, cependant, ne voyant personne et n'entendant rien, cheminait toujours tant bien que mal devant lui. Comme il arrivait au pont de la Bosse, il releva le bec enfin, et vit déboucher de la traverse des Moines une troupe de

gars précédés d'un musicien qui jouait du fifre,
accroupi à la manière orientale sur une grande
jument gris-pommelé du Perche. Aussitôt, il
reconnut Yzède, le musicien boiteux de Saint-
Charles Borromée, et derrière lui les conscrits
de Paradou, de Xala, de Bondeguy, ceux de
Saint-Carnus de l'Ursinade et de Saint-Bartholomée Porte-Glaive et ceux de Lunel, qui
s'étaient tous réunis sans doute dans cette dernière paroisse, et se rendaient ensemble à la
Foire des Chiens.

— Ohé! criaient-ils en refoulant à bord de
route et piétons et cavaliers, ohé! place!
gare! ohé!

La plupart avaient un air crâne et ne faisaient pas la roue à demi : gaillards, arrogants,
le numéro qu'ils avaient tiré de l'oule, attaché
sur la poitrine, des plumes de coq au béret, ils
s'avançaient en chantant à tue-tête; d'autres,
la mine fort basse, inspectaient d'un œil triste et
mouillé les champs du voisinage et les collines
d'alentour; un d'entre eux, le plus grand et le
plus gai de la bande, agitait, au-dessus de
toutes les têtes, une longue branche de chêne
vert, chargée de glands et de gui, et à laquelle
était appendue une sorte de trophée : cela se
composait d'une paire de cornes de bœufs, d'un
soc et de plusieurs coutres de charrue; de cinq
à six queues de cheval avec une mâchoire

d'âne ; de huit ailes d'oies, empennées ; autant
de caroncules et de rémiges de dindons, et quelques plumes de grand-duc ; ensuite une kyrielle
de chardonnerets et de bruants ; non moins
d'ablettes et de barbillons ; et, blanche comme
le lin, une épaisse toison de bélier, enfin : le
tout criblé de rubans écarlates et de grelots.
Était-ce un symbole que tout cela ? Que signi-
fiaient ces divers attributs ? On a la langue
bien pendue en Quercy, mais on n'y sait pas
trop grand'chose.

— Hé ! Bouscassiè de la Cresto des Casses
(bûcheron de la Crête-des-Chênes) ! fit une voix,
il ne te faut pas pâtir de cette manière ; agrafe
ton joli chiffre 1 sur l'estomac et viens avec
nous.

Il ne répondit point.

On l'entoura.

Le fifre, descendu de sa monture et juché
sur un monceau de gravier, sonna la farandole
du pays.

Aussitôt les jambes s'ébranlèrent. On se mit
à sauter en virant et hurlant autour du dolent
immobile comme une pierre, échevelé tel qu'un
saule-pleureur.

Il ne se fâcha pas du procédé, sut même en
rire et dit, après la danse, aux conscrits, qu'il
serait très content de frayer avec eux. Alors,
avec force cris et gestes, on l'emporta. Celui-ci

le prit par le cou, celui-là par la main, et tout
le monde lui parlant à la fois, il ne savait auquel entendre et se demandait s'il tournait de
rouge ou de noir : carreau, cœur, pique ou trèfle.
A la fin, il comprit cependant qu'on allait en
chœur à la bourgade demander à l'officier de
santé quel cas de réforme chacun aurait à faire
valoir devant le conseil de révision ; il suffisait
de très peu de chose pour être réformé : des
varices au jarret, une taie à l'œil, les pieds
plats, un fort *tic-et-tac* au cœur, de mauvaises
dents, une grosseur, un défaut quelconque.

— Encore si j'en avais un, dit-il en se frappant le front.

— Arrive, arrive ; le médecin te trouvera
peut-être une tare... et puis, nous consulterons
d'autres particuliers encore plus malins ! Oh !
vois-tu, ceux-là, fins comme l'ambre ! Ils con-
naissent la manière de vous mettre un chrétien
tout à fait à l'envers ; ils le rendent tors s'il
est droit et presque aveugle s'il y voit trop
clair ; ils lui cassent les dents ou lui retournent
les orteils, enfin, ils le font refuser par le conseil comme faible de coffre, alors qu'il se porte
parfaitement bien.

— Et comment donc s'y prennent-ils, ces sa-
pients ?

— Oh ! ça, personne ici ni même ailleurs ne
pourrait te renseigner là-dessus ; c'est leur secret.

— Un secret ! ah ! vraiment... Ils en ont un ?

— Oui ; pardi.

— Dis-le-moi ?

— Si je le savais, mon chéri, *raï !* (à la
bonne heure).

On avait dépassé la Croix des Fourches, et
l'on était au bas de Manleou. Là, les conscrits
s'arrêtèrent dans une *borde,* chez une de leurs
connaissances, qui les avait invités à boire un
verre de vin blanc. Pendant qu'ils trinquaient,
lui, l'impatient, observait la route. Des gens de
Camparnaou, de Froumitz, de Toco l'Ase, de
Saint-Amans et de toutes les localités circonvoisines, de la Pointe, de la Mégère, de Saint-
Bobus et de Saint-Pandolphe le Sagittaire, passaient en troupes : les hommes à pied, à
cheval, conduisant des bestiaux ou des charrettes ; les femmes portant sur la tête des cor-
beilles ou des mannes garnies de volaille, à
chaque bras un panier empli d'œufs ou de
fruits.

— Eh ! Pst ! Eh ! cria-t-il subitement et de
toutes ses forces.

A cet appel, la Quorate, qui poussait un
troupeau de pintades, se détourna, puis, ayant
aperçu Guillaume, à qui les jambes faillaient,
elle vint à lui.

— Salut, toi, dit-elle ; comment vas-tu, mon
ami ?

— Couci-couci, ma chère!... As-tu revu la mienne?

— Oui.

— Quand?

— Hier.

— Eh bien?...

— Tu lui parleras aujourd'hui.

— Vrai?

— Très vrai.

— Je la verrai... bien sûr au moins, cette fois, dis, noble Marion?

— Oh! bien sûr. Sa mère a dû ce matin même aller à Moissac payer la taille. Au cas que cette haïssable vieille prenne, comme elle le fait toujours depuis que tu n'es plus là, la clef de l'armoire où sont les effets, j'ai porté l'autre soir un habillement à Janille, mon plus beau. Sans doute, il n'est pas de deuil, mais elle le mettra tout de même, s'il le faut. Les emmêlants diront ce qu'ils voudront, on se gausse d'eux et de leurs antiennes... Adieu, mes oiseaux me quittent... Ne te fais pas de mauvais sang, bouscassiè, tu la verras.

Ayant assez et même trop bu, les conscrits venaient de sortir en tumulte de la borde dans laquelle ils avaient cassé une croûte et se massaient de nouveau autour du bancal soufflant dans sa flûte champêtre.

— En avant!

Inot les suivit, machinal.

Une grosse heure après, il fut tout étonné de se trouver avec la bande entière, à la Française, dans le cabinet du médecin, un jovial, très populaire.

— A ton tour, toi, mignot ; déshabille-toi, dit cet excellent docteur, dont le bon drille avait un jour dégagé le cabriolet embourbé jusqu'au moyeu dans une fondrière ; ah ! c'est regrettable, ajouta-t-il en l'examinant de pied en cap, tu es fait au moule, garçon, et tu seras, j'en ai bien peur, non pas le plus grand ni le plus beau grenadier, mais, à coup sûr, le plus joli voltigeur de ton régiment.

Ulcéré par ces paroles de très mauvais augure et pourtant si sympathiques, il se rhabilla tout comme un automate et rejoignit au dehors ses compagnons de route assemblés sur l'Esplanade et dansant *un branle* au dessous du balcon de pierre de la maison des anciens seigneurs du village.

— Et maintenant, goguelus, que la visite est finie, s'écria le porte-drapeau, que l'on me suive.

— Où ça, Jean la Flême ?

— Aux Trois-Poux, au coin de la Grand'Rue, chez Astaruc le Gascon.

— En route !

— A l'auberge ! A l'auberge !

Ivres déjà presque tous, précédés du fifre, applaudis et hués par la foule, ils traversèrent comme un orage la Place de la Commune et s'engouffrèrent dans une hôtellerie ayant pignons sur la grand'rue et terrasse par derrière au-dessus du champ de foire. On s'assit sur la galerie, vers laquelle montaient les rumeurs du *foirail,* et le rouge et le blanc coulèrent aussitôt à pleins bords. Inot, les coudes appuyés sur la table et la tête dans les mains, n'entendait ni les mugissements des bœufs, au dehors, ni les vociférations des conscrits, au dedans. On lui cria de vider « sa coupe » ; il ne bougea point. Un moment après, il trempait ses doigts dans le liquide et traçait sur la table des raies et des ronds qu'il regardait sans les voir. Enfin, il but. On lui remplit de nouveau son gobelet, qu'il vida d'un trait et dix fois de la sorte, sans y songer. Autour de lui, on riait, on chantait, on hurlait, on agitait la flamme des *bruleous* (punchs), on répandait le vin à torrents, on cassait les bouteilles ; le tapage et la clameur avaient beau grandir, il restait obstinément aveugle et sourd et cloué sur son banc. Oppressé, les émanations de l'alcool et la vapeur du tabac le suffoquèrent à la longue ; il voulut se lever, ne put : la tête lui pesait au moins un quintal. Il ne distinguait plus ni les objets ni les gens qui l'entouraient et croyait

voir distinctement, très distinctement, des personnes et des choses absentes qui s'évanouissaient presque aussi vite qu'elles se montraient,
et comme de la fumée. Parfois, il lui semblait
qu'il tournait très rapidement sur lui-même et
qu'il roulait au fond d'un précipice : alors, il
s'accrochait à tout ce qu'il rencontrait sous ses
mains et se redressait en sursaut. De loin en
loin, il avait pourtant une idée lucide ; ouvrant
de grands yeux et l'oreille allongée, il entendait très bien alors parler les conscrits, autour
de lui, mais ne pouvait nullement retenir leurs
paroles.

— Ohé ! fanfan de mon âme, à la tienne ! cria
tout à coup un d'entre eux, hume encore cette
petite goutte d'eau-de-vie.

Il tendit de nouveau son verre, qui fut heurté
cent fois en un clin d'œil, et but à sa propre
santé sans avoir la force de riposter à celui des
tapageurs qui, béant et titubant, avait porté le
toast.

— Hôtelier, du kirch !

On apporta la liqueur demandée, et le tumulte grandit.

Après avoir bien braillé, cogné longtemps aux
tables, vidé maintes bouteilles de ce poison,
et qui en jaugeaient ! englouti force rogommes,
maculé les murs et le sol, ri, glapi, beuglé, tapé,
lassé leurs poings et leurs poumons, ils se re-

cueillirent à la fin, les conscrits, et s'expri-
mèrent à voix grave : il était, à présent, question du pays qu'il leur fallait déserter, et que
beaucoup d'entre eux probablement ne rever-
raient plus, et l'émotion, en parlant de cela, les
avait tous gagnés et les tenait aux entrailles.
Ceux-ci, terrassés de douleur, les bras ballants et
le menton appuyé sur la poitrine, regardaient
sans cesse au même point et n'avaient pas
l'air de voir ; ceux-là se lamentaient en con-
tant leurs peines ; quelques-uns avalaient leurs
larmes, d'autres les laissaient couler au long
de leur visage et tomber lourdes sur leur corps ;
chacun souffrait, l'expansif comme le taciturne,
et tous regrettaient au fond du cœur la terre
où, vingt années auparavant, ils étaient nés et
qu'ils n'avaient jamais quittée encore et qu'ils
allaient abandonner, hélas ! peut-être pour toujours. L'un·d'eux, brun et trapu, qui tremblait
tout pâle sur sa méchante escabelle, se leva
soudain dans le grand silence, réclama la parole, ôta son béret de laine, étendit la main
droite, et pieux :

— Camarades, dit-il, vous allez ouïr une
chanson qu'un de nos anciens, qui la tenait
de son père, et celui-ci l'avait apprise au berceau, chantait en allant à la guerre, il y a
plus de quatre jours : c'était au temps où l'on
portait une tresse de poils derrière la tête et

des culottes étroites, si courtes qu'elles n'allaient pas aux genoux, pareilles à celles que j'ai vues autrefois à mon grand-oncle maternel, Upou de Penne d'Aveyron, et qui se trouvent à la maison, dans notre armoire. Écoutez, paysans, mes compagnons ! écoutez, vous tous, les amis !

On se serra les uns contre les autres, et chacun ouvrit les oreilles et les yeux. Il allait se passer quelque chose d'extraordinaire, eût-on dit. Tout le monde avait un éclair à l'œil et le frisson à la peau. L'on entendait voler des mouches.

— A toi, bouvier ! fit quelqu'un ; on t'écoute, Aîné de Sardijoux.

Étant monté sur une chaise, celui-ci posa la main sur son cœur, s'humecta les lèvres et chanta :

LE

SOLDAT DU QUERCY

Bonjour, adieu, ma Rofalie !
Ah ! pauvre, entends mon cœur qui bat ;
Bonjour, adieu, ma Rofalie !
Moi, ie pars & vais au combat.

Quitter *fa maîtreffe et fa mère,*
Et fa charrue & fon ami;
Quitter fa maîtreffe & fa mère,
Et fon chien qui parle à demi :

Seigneur, ah! c'eft, cela, terrible,
Qui vous travaille tout l'efprit;
Seigneur, ah! c'eft, cela, terrible,
Qui vous tracaffe jour & nuit.

Oh! je t'écrirai de l'armée
Au moins deux ou trois fois par an:
Oh! je t'écrirai de l'armée
Et te dirai tout mon tourment.

Quand je ferai dans la bataille,
Pour notre France & pour le Roy;
Quand je ferai dans la bataille,
Je penferai toujours à toi.

Va, ne crains pas que dans les villes
Où j'irai coiffé de lauriers;
Va, ne crains pas que dans les villes
Ton amant vienne à t'oublier.

Il se peut bien qu'une étrangère
Trouve ton Jean-Pierre à son goût ;
Il se peut bien qu'une étrangère
Veuille dormir à mes genoux.

Oh! n'aie pas peur, ma tendre mie,
Qu'il ne se passe rien de laid ;
Oh! n'aie pas peur, ma tendre mie,
Restera mon cœur où il est.

Tranquille, file ta quenouille
Près du ruisseau, dans les vallons ;
Tranquille, file ta quenouille,
En gardant tes jolis moutons.

Promène-toi dans les bocages,
En tournant ton petit fuseau ;
Promène-toi dans les bocages,
Et fais l'amour... avec l'oiseau.

Tu te diras : « Il est fidèle,
» Il faut bien que moi je le sois ! »
Tu te diras : « Il est fidèle ! »
En essuyant tes cils en soie.

Ne pleure pas, va voir mon père,
Mes frères, sœurs, ma mère auſſi ;
Ne pleure pas, va voir mon père,
Et dis que je retourne ici.

On meurt quelquefois à la guerre,
Mais pas toujours, heureuſement ;
On meurt quelquefois à la guerre,
Sans revoir amis ni parents.

Je te promets, ô ma chérie,
De faire tout pour te revoir ;
Je te promets, ô ma chérie,
De faire toujours mon devoir.

A cheval, ſabre & lance aux griffes,
Je ſauterai ſur les canons ;
A cheval, ſabre & lance aux griffes,
Je me battrai comme un lion.

Et l'on verra, je le ſuppoſe,
Ce que je peux ſur mes étriers ;
Et l'on verra, je le ſuppoſe,
Que je ſuis un vaillant guerrier.

17

Cuirasse au dos, couvert du casque,
Et tout criblé, rouge de sang ;
Cuirasse au dos, couvert du casque,
Je faucherai comme un paysan.

Rouge de sang & noir de poudre,
Je faucherai têtes & bras ;
Rouge de sang & noir de poudre,
Je fendrai tout de haut en bas.

Et si l'Anglais demande grâce,
Je lui dirai : « Rends ton drapeau !
Sinon, Anglais, aucune grâce,
Et tu vas partir pour là-haut... »

Si le mousquet ou la mitraille
Cassaient mes jambes & mes bras ;
Si le mousquet & la mitraille
Me faisaient mourir tout là-bas,

Ah ! je mourrais, fidèle & brave,
Et l'ennemi, va, le dirait ;
Ah ! je mourrais, fidèle & brave,
En embrassant ton beau portrait.

Avant d'aller en Purgatoire,
Si je sens qu'il me faut périr ;
Avant d'aller en Purgatoire,
Je l'envoie mon dernier soupir.

Puis on me mettra mort en fosse,
Les membres froids, le cœur aussi ;
Puis on me mettra mort en fosse,
Loin de ma belle & du Quercy !

Mère du Fils, vous, la Marie,
Au nom du Père & Saint-Esprit ;
Mère du Fils, vous, la Marie,
Je vous implore au nom du Christ.

O Reine, vierge et pourtant femme,
Vous, mère & sœur du Bon-Dieu roi ;
O Reine, vierge & pourtant femme,
Ayez pitié de moi, soldat !

Exaucez-moi, Madame Blanche,
Ah ! par bonté, perle du ciel ;
Exaucez-moi, Madame Blanche,
Protégez-moi du coup mortel.

Puis vous, Jéſus, né dans l'étable,
Entre la vache & le mulet ;
Puis vous, Jéſus, né dans l'étable,
Mais aujourd'hui dans un palais ;

Et vous, Pigeon, ſainte Colombe,
Aux ailes d'or, au bec d'argent ;
Et vous, Pigeon, ſainte Colombe,
Qui conduiſez les pauvres gens :

Priez tous deux votre vieux Père,
De m'épargner le fer, le feu ;
Priez pour moi votre vieux Père,
En barbe griſe, en manteau bleu.

Marie, Joſeph & ſaint Pandode,
O bon Ramier, ô doux Agneau,
Marie, Joſeph & ſaint Pandode,
Veillez sur ma chair & mes os.

Or, je vivrai pour mon amie,
Et reverrai notre clocher ;
Or, je vivrai pour mon amie,
Et rentrerai pour l'épouſer.

Je reviendrai couvert de gloire,
A ma bergère & vers mes bœufs ;
Je reviendrai couvert de gloire,
Avec des fous, des habits neufs.

Ah ! je nous vois, chère maîtreſſe,
Cheminant tous deux bras-à-bras ;
Ah ! je te vois, chère maîtreſſe,
Superbe dans tes falbalas.

Eux !!! dira-t-on dans le village,
En nous voyant tous deux paſſer ;
Oui, l'on dira dans le village,
Que le Roy m'a fait Chevalier.

Et moi, je te ferai ma Dame !
L'évêque viendra nous bénir ;
Et moi, je te ferai ma Dame,
O paſtourelle, avec plaiſir.

Adieu, salut, ma Roſalie !
Ah ! pauvre, entends mon cœur qui bat ;
Porte-toi bien, ma bonne amie,
Moi, je pars & vais au combat !

Il ne chantait plus, le bouvier, qu'on l'écoutait encore. On ne remuait point, on s'entendait respirer. Un sanglot retentit enfin, et ce fut comme un signal ; aussitôt des gémissements et des désolations, et des hélas ! et des mon Dieu ! soulevèrent toutes les poitrines et sortirent de toutes les bouches : un concert de plaintes.

— Amis, il faudra tout laisser ! et notre mère et nos amours.

Et l'on s'embrassait fraternellement, on se criait au revoir, on échangeait un éternel adieu ; l'on se pressait les mains avec désespoir, on pleurait et l'on gémissait.

— Hélas ! nous ne labourerons plus nos terres si grasses.

— Sans pareilles au monde...

— Les premières de toutes !

— Nous ne reviendrons peut-être jamais plus au pays.

— Et mon père, qui ne peut plus travailler ; il manquera de pain.

— Adieu campagnes, adieu verdure, adieu soleil, adieu Quercy !

— Fils, c'est triste.

— Oh ! bien triste...

— Du jus ! encore du jus ! Sang-Dieu, pompons et noyons le chagrin.

— Oui, certes, oui.

— Holà, l'aubergiste, du meilleur ! Et nous autres buvons à tire-larigot, écoutez ceci : le vin est la consolation des mâles ; nous en sommes !

On suivit, hélas ! sur-le-champ cet exécrable conseil. Pots et cruches de grès, emplis de blanquette, énormes dames-jeannes où moussaient le « rouge » de Villemade et « le clair » du Saula furent apportés à l'instant, et l'on but à pleine gorge... on aurait bu la mer et ses poissons pour tout oublier.

Inot, qui n'avait pas encore soufflé, songeait toujours à *Rosalie*. Il se disait qu'il l'avait rencontrée en quelque endroit et qu'il la connaissait très bien et qu'il l'aimait beaucoup. En son esprit passait et repassait, vague, une image.

— Ah ! murmura-t-il comme s'il rêvait, elle ne s'appelle pas Rosalie ! elle porte un autre nom.

Et ne s'étant jamais senti la tête si pesante, il cherchait à rassembler ses idées sans pouvoir aucunement y parvenir. Autour de lui, le vacarme avait recommencé de plus belle : les gobelets de verre et les carreaux de vitre vibraient à l'unisson : un tapage effroyable, un sabbat !

Emplis de tristesse et d'alcool, les conscrits avaient beau pousser de grands éclats de rire

qui finissaient en hoquets de souffrance et cris
de colère, il restait étranger à tout cela ; sa
pensée était ailleurs ou peut-être nulle part.
Tout à coup, il dressa l'oreille. Un de ces êtres
connus sous le nom de *marchands d'hommes,*
et dont un décret de 1856 avait indirectement
supprimé l'ignoble industrie qui va revivre,
grâce à la nouvelle loi sur l'armée, s'était écrié
en toisant un gars de haute taille à qui l'on
réservait sans doute la canne de tambour-
major :

— Toi, si tu ne veux pas tâter de la gamelle,
tu n'as qu'un seul moyen à choisir : te faire
sauter un *harpion,* celui qui tire la gâchette.
Un forgeron, le diable me brule ! peut s'estropier sans le vouloir avec son outil ; une, deux,
ça y est... On croira que tu ne l'as pas fait
exprès, et le gouvernement ne te molestera
pas une seule minute. Économiser deux sacs
de cent pistoles chacun et ne pas aller trimer
la galère là-bas, au régiment, au diable ! A ta
place !... Un peu de mauvaise peau de chrétien, qu'est-ce que c'est que ça ? Si j'étais toi,
pan !... Une, deux, et...

Un geste horrible acheva le sens du discours.

Guillaume avait voulu gagner la table où
pérorait le drôle, mais un remous de vin
lui montant au cerveau, il trébucha, perdit le

fil de son idée et retomba sur son banc, en
proie à l'un de ces rêves sans tête ni queue
que font, tout éveillés, ceux que l'ivresse
absorbe. Lorsqu'il recouvra ses sens pour ainsi
dire oblitérés, les conscrits, accoudés sur le
balustre de la terrasse et penchés en dehors,
s'écriaient à qui mieux mieux :

— Oh ! quelle fille !

— La douce lumière !

— Incomparable fleur, aussi rose que blanche !

— La perle des campagnes !

— Une étoile d'aube !

— La rose du Quercy !

— Quelle reine !

— Avec ses mitaines, ses rubans, sa gorgerette
et ses pendeloques, elle est, ma foi, tout à fait
attrayante !

— On la boirait.

— Et bien mieux que ça... Tonnerre ! on la
mangerait.

— On ferait bien les deux à la fois, Dieu le
Vieux me damne !

— Et même plus.

— Sans regimber !

— On te croit, Ignace.

— Elle a des cheveux aussi blonds et plus
luisants que les sous en or.

— Pour jolie, elle l'est,

— Jolie et des rares.

— Sans égale.

— Oui, par l'éclair!

— Hé! mais...... C'est elle, ohé! donc, appro-
chez, ohé! vous autres.

— Que dis-tu donc ainsi, laboureur de Saint-
Jordi?

— Je dis que je la remets.

— Ah bah!

— Certes, oui.

— Parle!

— Hé! non, je ne m'abuse pas, je ne me
trompe pas du tout.

— Achève donc.

— Quoiqu'elle ne soit pas habillée de noir,
c'est bien elle.

— Qui donc? animal-bégayeur, qui donc,
enfin?

— Eh! pardi, la fille de l'ancien passeur du
Tarn.

— La petite du pauvre Rouma?

— *Celle* du bouscassiè?

— Oui, oui, celle-là même, la *maîtresse* de
cet endormi, la jeune et fraîche Roumanenque
de Sainte-Livrade!

A ces dernières paroles, Inot, réveillé, s'é-
lança sur la galerie.

« Elle! c'était elle! »

En deux bonds, il franchit les vingt marches

de l'escalier aboutissant au foirail. Il n'avait plus mal à l'estomac ni même à la tête, il était dégrisé.

— Janille, cria-t-il avec toute son âme dans la voix, Janille !

— Guillen !

Ils se sautèrent au cou.

Heureux, ils s'embrassèrent si souvent et de si bon cœur que, du haut de la terrasse, les conscrits disaient, moitié goguenards, moitié émus : « Sacrodi ! positivement, on dirait deux tourterelles. »

— Enfin, c'est toi, ma charmante, ma belle menue.

— Oui... je te cherchais. Que faisais-tu là ? Tu vas donc au cabaret, à présent ? Laid ! Au cabaret ?

— Ils m'y ont amené presque de force, ceux-ci ; je t'assure...

— Est-ce que tu veux aller à l'armée avec eux ? dit-elle en souriant.

— Que non !

— N'aie pas peur !... Et regarde-moi donc en face un peu. Tu ne vois pas comme je suis contente ?

— Oh ! si. Tes prunelles brillent comme des astres, la mienne.

— Et je suis heureuse parce que tu ne seras plus malheureux.

— Vrai ?

— Bien vrai.

— Malheureux ! oui, je l'ai été beaucoup, Janille, mais je ne pense plus du tout à mes peines, à présent : je te vois, je te touche, je te tiens.

— Eh bien, nigaud ! ne pleure plus, puisqu'enfin tout s'éclaire et que notre chagrin est fini.

— Fini !...

— L'oncle est pour nous ; il nous soutient, te dis-je, il nous sauve.

— En es-tu bien sûre ?

— Oui, sûre.

— Ah ! je doute...

— C'est la vérité pourtant ; il t'achète un homme.

— Il me ferait remplacer... Oh ! pourvu que tu n'aies point rêvé cela.

— C'est décidé, tout à fait décidé, lui-même m'a chargé de te dire de le joindre à l'S de la Côte-Neuve, où lui, et moi, nous passerons avant une demi-heure... Au revoir, dans un moment, Guillen. Il me semble que je ne foule plus la terre et que je vole, tant je suis légère.

— Où cours-tu donc ainsi ?... Tu me quittes déjà ?

— Notre protecteur m'attend au foirail, là-bas, tout là-bas.

— A bientôt, alors, n'est-ce pas, ma toute fine, à bientôt ?

— Oui, au bas de la côte.

— J'y vais de ce pas, sur le coup ; arrivez sans tarder, vous autres.

— Oui, va vite.

Et Janille, s'acheminant vers l'endroit où le langueyeur officiait, traversa le marché des bêtes à cornes qui trépignaient et mugissaient sous l'œil aveuglant des nues.

« Ohé ! lui craient les bouviers du pays, tu veux donc te faire estropier, mignonnette ! Attention à mes taureaux de Gascogne, ils n'aiment pas le rouge, et ton mouchoir de cou, ma fille, est écarlate et semble teint de sang ; attention ! prends garde à toi, téméraire Roumanenquette !... »

Mais elle, se faufilant entre une forêt de cornes droites ou courbes, où le soleil accrochait des anneaux de lumière, flattait de sa main les grands bœufs ruminant, immobiles et patients sous une nuée de mouches, et leur parlait, amicale :

« Houp-là ! doucement, le roux ! allons, serre-toi, le blanc ! avance, le noir ! et toi, recule, l'isabelle. »

Arrivée au marché aux chevaux, elle se glissa comme une ombre derrière les croupes les plus chatouilleuses, et c'était miracle que de la

voir filer, sur la pointe des orteils, au milieu
des étalons et des juments qui se cabraient échevelés et souvent hennissaient tous ensemble
dans la poussière et le vent.

« Ooou! Là! là! Bijou! To, to, Favorite!
I! Martin, Hue! »

Et les joyeux maquignons s'écriaient, émer-
veillés :

— On jurerait que mes genêts d'Espagne
sont ensorcelés par cette jeunesse ; ils ne bron-
chent pas.

— Et mes ânes du Poitou, qui, les bougres,
mordraient père et mère à la sourdine, ne Lui
disent rien ; oh ! c'est curieux ! il y a là un miracle !

— Ah! par exemple ! ceci dépasse tout ce
qu'on a vu : mes mules de Limoges ne bran-
lent pas avec Elle et se comportent comme
des fillettes ; est-ce assez surprenant cela,
Saint-Dieu !

Cependant, elle s'éloignait...

Dès qu'il ne distingua plus dans la cohue
le fichu quadrillé de sa promise, Inot, lui,
longea la rampe du Puits Public, prit une ruelle,
traversa la halle au blé, passa sous le mai
planté en l'honneur du dernier maire du canton, et, coupant en biais la place de la Commune, où d'une part on ne voyait qu'oies
grises de Grenade-la-Garonnaise, oies blanches

du Lot, et d'autre part, que poules et coqs
d'Inde, en telle abondance qu'on eût dit la
terre recouverte d'une nappe noire semée de
larmes rouges, il déboucha devant l'église du
bourg sur le parvis de laquelle aboyaient et
se démenaient, innombrables, attachées à des
pieux, les bêtes dont cette fameuse foire
annuelle de La Française a tiré son nom de
Foire des chiens.

Il en était venu de tous les points du Midi :
du Gévaudan, du Roussillon et de l'Auvergne,
de la Gironde et des Cévennes, de la Pro-
vence et de la Gascogne ; aussi, y en avait-il
de toute race et de toute espèce, de toute taille
et de tout pelage.

Et, d'abord, attifés, pomponnés, les chiens
de luxe et de ville :

« Havanais, king-Charles, terre-neuve, grif-
fons, moutons, terriers anglais et terriers
d'Écosse, dogues, boule-dogues, grands et
petits Danois, barbets, caniches, roquets et
carlins. »

Ensuite, ceux de chasse, à courre ou d'arrêt,
à la plume et à la bourre :

« Couchants, courants ; braques, épagneuls,
bassets à jambes torses, lévriers à long poil,
lévriers à poil ras, limiers pour menu gibier et
d'autres de grosse vénerie ; et parmi ces derniers, des cornauds et des clabauds, des allants

et des trouvants, des chiens bute et des chiens d'aguail. »

Enfin, et ceux-là de beaucoup les plus nombreux et les plus remarquables, originaires, tous ou presque tous, du pays ou des contrées limitrophes, les chiens rustiques et les chiens ouvriers :

« Au premier rang, utiles entre les plus utiles de la campagne, les maigres et tristes *labris* ou *farous,* dont la robe noire est pareille à la toison des béliers et qui, pâtres irréprochables, surveillent et conduisent les troupeaux ; ensuite, fidèles au maître, les *mâtins* trapus et carrés, animaux de garde qui sont aussi bêtes de trait aimées du petit trafiquant forain, lequel, allant quotidiennement de bourg en bourgade vendre des allumettes ou des aiguilles ou des sucreries ou de la faïence ou de la porcelaine, brûle, assis dans un singulier petit véhicule à deux roues traîné par eux, la politesse aux diligences rencontrées sur les routes ainsi qu'aux voitures privées assez imprudentes pour faire assaut de rapidité ; puis, les *chiens* de *semailles* à la crinière aussi noire que l'ébène, effilés, longs comme des fourmiliers, et qui protégent contre les pigeons, la volaille et les oiseaux mangeurs de grain, les terres où passe le semeur et celles où la semence n'a pas encore germé ; les *vireurs,* semblables à des

lynx et que le boulanger de campagne, après
leur avoir limé les griffes des pattes de devant,
emploie à tourner la roue du blutoir ; les
bartassiès au pelage indécis, tigré de bigar-
rures gris de fer, bigles et vairons, dont l'œil
noir ou châtain est morne et farouche, tandis
que l'autre, pers, gris, vert ou roux, brille,
limpide et plein d'une tendresse troublante ;
les *huissiers,* ronds, courts, bas sur pattes, et
qui, de mêmes mœurs que le chat, ne suivent
point ou suivent très peu leur maître, mais
n'abandonnent jamais la maison natale qu'ils
habitent ; les *sysclayres,* glapissant comme le
chacal, glabres, ayant les yeux à fleur de tête
ainsi que le chien turc, faméliques et chastes,
et, qu'en certains endroits, parce qu'ils flairent
de très loin le cadavre, et qu'ils hurlent à la
mort, on nomme *gous sanguinencs !* (chiens de
sang) ; épais, ragots, au poil rêche et touffu, le
cou tout enfoncé dans les épaules, nerveux,
rageurs, le plus souvent jaunâtres et la robe
tachée de blanc, les *doguins,* que l'on envoie
à l'âne, au loup, à l'ours, au taureau, lorsque
les maîtres de combat, descendus des montagnes
pyrénéennes et faisant leur tournée en Quercy,
ont planté leur tente au milieu de la place de
quelque village ; le *Pyrénéol,* superbe et royal,
avec sa gorge bombée et sa grande queue
empanachée de magnifiques crins blancs, ami

des enfants et des vieillards, capable d'affronter
le lion ; et puis encore, parmi des chiens sans
caractère, une nuée de métis de toute figure et
de toute peau, variétés inconcevables, impré-
vues, inouïes, impossibles et qui sont ; enfin,
un animal inquiet et sauvage, à l'œil hostile,
aux babines boursouflées sous une muselière
de fer, aux oreilles en pointe de couteau, le
féroce et fauve *loubar,* enfant du loup et de la
chienne, engendré, lorsque les loups manquant
de louves, vont, la nuit, affamés d'amour, en
quête de femelles, hors des forêts, et s'accou-
plent, tout pantelants et tout hurlants, à certaines bêtes domestiques de leur famille, en la
saison du rut.

Tranquille au milieu d'un vacarme étourdis-
sant, Inot, en contemplation, admirait tout ce
monde de quadrupèdes.

On fouaillait ceux-ci ; l'on cajolait ceux-là.
Chasseurs, amateurs, maquignons, bouviers,
bergers, citadins et paysans, chacun vantait sa
marchandise ou dépréciait celle d'autrui. Beaucoup d'affaires, nul crédit ; tout au comptant. On
se faisait payer et l'on payait aussi rubis sur
l'ongle. « A tant le « caniot ? » « Oui. » « Non. »
Et voilà. Qui parlait d'écus, qui de pistoles ;
on poussait à la vente. Un Alpin était acheté
jusqu'à cinq cents francs et tel grand Terre-
Neuve se soldait par un sac de mille. A droite, la

bête à vingt louis ; à gauche la bête à vingt
sous. Et l'on tapageait ; et l'on criait, en français, en gascon, en basque, en catalan : une
vraie confusion de langues. Achats sur achats ;
échanges sur échanges, avec ou sans remise ; un
immense chassé-croisé. Là, toute une meute qui
changeait de propriétaire ; ici, quelque chien
d'agrément, dont on se défaisait pour n'avoir pas
à nourrir une bouche inutile et, par surcroît, à
payer l'impôt. Tirés à hue et fouettés à dia, les
chiens de chasse, Uro, Turlo, Flambeau, Nou-
belou, Cascard, Diane, Azely, Xip, Yz, Zoul, Oï,
Rampa, Biru, Pisté, Ramonette ou Tendresse,
Haut-la-Caille ou Fend-l'Air, après avoir flairé
leurs frères du chenil d'hier, s'en séparaient encore assez allègres et partaient avec d'autres sui-
veurs de piste, leurs camarades éventuels. Mais,
les chiens de berger !... Rugissant, montrant les
crocs à l'acquéreur, effarés, haletant, tirant la
langue, rebroussés, sautant de ci de là, maintenus à grand'peine par la corde assujettie à
leur collier, rebelles pour la première fois de
leur vie à l'ordre du maître, ils restaient sourds
à sa voix, et pour en avoir raison, il fallait
les ficeler comme des paquets et les emporter
ainsi liés en maison étrangère. Quelques-uns,
plus résignés, mais non moins sympathiques,
sentant très-bien que toute résistance serait
vaine, envisageaient d'un dernier et long

regard, avant de s'expatrier, celui qu'ils aimaient
tant et qui les avait vendus, et, soupirant,
agitant tristement l'oreille, ils le quittaient
à reculons, la larme à l'œil et l'air navré.
D'autres rampaient, implorant leur conducteur
et lui léchant les pieds ; d'autres enfin, indociles
à ce qu'on exigeait d'eux, s'ingéniaient, sournois, à ronger le frein, et débarrassés, ils s'en-
fuyaient à toute vitesse et la queue basse
vers la chaumière natale, obligeant ainsi leur
maître impitoyable à revenir parfois sur le
marché conclu.

« Braves bêtes ! dit Inot tout remué, comme
elles aiment leur pays ! »

Et, morne, il tourna le dos à ce spectacle,
contourna le parvis de l'église et descendit à
pas lents vers le val. Les filles et les femmes
du bourg, qui revenaient de la fontaine publique située à mi-côte ou bien s'y rendaient,
tenant de la main droite l'anse de la cruche de
grès qu'elles portaient sur la tête, avaient beau
passer, souriantes et fraîches comme des roses,
à côté de lui, lui, tant il était pensif, ne les apercevait même point. Auprès de là, s'étant arrêté
devant la grille du parc de « Moussu l'Mar-
quis » il regarda, machinal, les cygnes noirs et
les cygnes blancs qui, parés et gréés, les ailes
enflées comme des voiles au vent et le cou
recourbé comme une proue de navire, voguaient

dans un large bassin aux margelles de pierre
de Sept-Fonds, et puis, il s'éblouit à considérer
avec fixité deux paons juchés sur un toit de
chalet, l'un blanc d'argent, sommeillant, les
ailes tombantes, et l'autre, azuré, faisant la
roue et luisant avec les milliers d'yeux de son
radieux plumage, autant qu'un rais de soleil
en plein midi.

« Quels oiseaux ! »

Au son de sa voix, ce mélancolique obser-
vateur, très absorbé, s'éveilla soudain et se mit
à courir à toutes jambes ; ayant gagné prompte-
ment le bas de la côte-neuve, il s'assit au pied
d'un orme qui couvre de sa ramure une pierre
oblongue où sont inscrites les distances kilo-
métriques, et là, caché par le tronc de l'arbre
et la pierre routière, il attendit au passage
la nièce et l'oncle. Impatient, il portait de temps
en temps les yeux au sommet du plateau mer-
veilleux où, blanche et fière avec ses maisons
en briques et son clocher peint à la chaux, la
ville cantonale, à cheval sur le dernier piton
du dernier rameau de la dernière montagne
du Quercy, s'élance et pétille dans l'air salubre,
au milieu des rayons et des gloires, sous un
ciel embrasé.

Déjà les populations rurales commençaient
à s'ébranler sur l'Esplanade. Les achats étaient
faits, les ventes finies ; les rues dégorgaient

bêtes et gens qui dévalaient confondus. Il
était à peu près six heures du soir ; le soleil
rasait la profondeur des combes ; les blés, les
seigles, ici jaunissant et là tout verts encore,
ondulaient sur les coteaux où les arbres s'enlevaient sur un fond de pourpre aussi nettement
que des plaques de métal découpées et percées
à jour ; espacés et rares, des amandiers en
fleurs oscillaient, neigeuses aigrettes, aux flancs
des collines arides du Pays-Haut que le printemps n'avait pas encore faites chevelues. A
droite, à gauche, en tous lieux, dans l'étendue
apparaissaient, poudreux et tout gris, les rubans
entrecroisés des routes, tantôt, droites comme
des I, suivant en ligne directe les hauteurs
couleur d'ocre ou d'outremer, et tantôt s'enga-
geant, après mille zigzags, entre les gorges et
sous les bois, en tous sens troués par la lumière. Extraordinaire spectacle et dont, hélas !
on ne peut traduire la sublime beauté. Là-haut,
tout en haut, La Française et les champs du
Quercy : mamelons hérissés de forêts, rochers
imbriqués bossuant le sol, explosions de chaleur
et murmures éternels des brises ; en bas, à
mille pieds au-dessous, à la base de la montagne
que le bourg quercynois couronne, les plaines
immenses du Languedoc : terres unies et
grasses, et nourries de limon, grandes prairies
bordées de peupliers et de saules, vignes ram-

pantes, vastes chanvrières, noirs et rouges
sillons fraîchement labourés attendant le maïs ;
ombrages pleins de fraîcheurs et, sous les fron-
daisons encore clairsemées, parmi des terrains
de toute nuance et formant qui des losanges,
qui des carrés, qui des triangles, qui des
parallélogrammes, qui des rectangles ou des
trapèzes, innombrables casiers d'un échiquier
gigantesque, ici, là, partout, à perte de vue,
des cabanes, des fermes, des moulins, des
hameaux, des villages, des églises avec leurs
clochers pointus comme des aiguilles et leurs
tours. Au fond de la vallée, enflé des eaux de
l'Aveyron et des eaux du Tescou, celles-ci
jaunes et bourbeuses, celles-là, limpides et
vertes, allant ensemble côte-à-côte, mais sans
jamais confondre leur double cours au sein de
l'onde vive et pure qui les reçoit, tourmenté,
musical, houleux, ici rapide comme un torrent
et là calme comme un lac, hérissé d'îles et
d'îlots, étendu sur un lit de fraîches et molles
herbes aquatiques, superbe, animé, s'enroulant
et se déroulant, aux ardeurs du couchant, ainsi
qu'un reptile interminable et tout en feu : le
Tarn. A sa gauche, les rives et les plates campagnes languedociennes semées d'étincelles et
couvertes de verdure ; à sa droite, la berge
quercynoise, inégale, altière, sourcilleuse, pro-
jetée comme un promontoire au-dessus des

Basses-Terres et des eaux de la rivière refou-
lées ensemble dans la plaine sans bornes, et
sur cette berge à pic, haute comme une falaise
de l'Atlantique, un manoir féodal arborant sa
tête chenue où grimpent la saxifrage et le
lierre et laissant voir à travers les larges crevasses longitudinales de ses vieilles murailles
grisâtres percées de part en part comme un
crible des pans énormes et splendides du ciel du
Midi. Plus loin, enfin, à l'extrême horizon, vers
l'Espagne, immaculées, colossales et magnifiques au cœur des nuages moutonnants, les
croupes inaccessibles et prodigieuses des Pyrénées.

« Ah ! dit-il en extase et religieusement
accroupi sous l'ormeau, l'on me condamnerait
à ne jamais plus voir cela ; je défie les juges et
le bourreau !...

Cependant, en tumulte, pêle-mêle, piétons et
cavaliers, chars-à-bancs et chariots se pres-
saient le long des deux côtes, la Vieille et la
Neuve, au bas desquelles, le flot des campagnards une fois rompu, les uns suivent à
droite les voies et sentiers du Quercy, les
autres descendent à gauche les rampes du Tarn,
longent ensuite la route tordue en spirale
autour du mont et trônant au-dessus de l'abîme,
et puis s'éparpillent enfin dans les chemins de
traverse dont est sillonnée la banlieue montal-

banaise. Inexprimable branle-bas ! Suffocante
cohue ! Ici, des charrettes limonières chargées
de lames de fer ou de pierres de taille, de sacs
de grain ou de farine, entraînées par de vigou-
reux et superbes chevaux entiers de Normandie,
alezans ou bai-brun, ayant tous ou presque
tous des balzanes autour des boulets ainsi
qu'au chanfrein ; là, de lourds tombereaux,
pleins de sable, de marne ou de chaux et caho-
tant dans les ornières ; plus loin, des chars-à-
bœufs qui, geignant sous le faix, roulaient in-
dolemment ; des jardinières mal assises sur leurs
ressorts et dans lesquelles, enfouies parmi des
denrées de toute nature et des paquets de toute
sorte, tressautaient et s'entrechoquaient de haut
en bas des familles rustiques tout entières, y
compris l'aïeul et le nourrisson ; enfin, venaient
des fardiers aux roues démesurées et desquels
la chaîne massive enroulée autour d'un énorme
essieu supportait tout le poids d'un hêtre plusieurs fois centenaire ou celui d'un faisceau
formidable de chevrons. Allant à fond de train,
des tilburys, des cabriolets, des berlingots, des
berlines, des chaises urbaines, celles-ci d'une
forme antique et celles-là construites selon le
goût du jour, passaient comme des flèches
entre les pesantes carrioles et trouaient les
troupeaux. Stridentes et totalement délabrées
une foule de voitures publiques, diligences

20

coucous, pataches, omnibus, caisses de wagons
ajustées sur des roues de messageries, diables,
camions presque hors d'usage et dont s'était
débarrassée quelque prudente administration
de chemins de fer, chars à fourrage et vieux
fourgons d'artillerie, on ne sait encore quels
singuliers engins servant de transports, ces
mille coches dévalaient tous ensemble avec un
bruit inouï de ferraille, affreusement secoués
en tous sens par le trot inégal et pénible de
leurs maigres haridelles poussives, borgnes,
aveugles, arquées, teigneuses, galeuses, éden-
tées, chauves, chassieuses, harassées, fourbues,
horribles, sanglantes, expirantes, et les postillons, assis ou debout sur le siège, au-dessous
de la bâche où le conducteur, flanqué de son
lou-lou jappant avec furie, sonnait de la trom-
pette, achevaient de les tuer à grands coups
de manche de fouet, au milieu des rires et des
invectives du peuple amusé du spectacle, et
qui s'écriait d'une seule voix : « Hue ! les
rosses ! En avant ! les mazettes ! Ventre à terre
et mors aux dents, sacré nom de Dieu ! » Fouet-
tées, harcelées, martyrisées, éperdues, les pauvres bêtes lépreuses roidissaient leur encolure,
et, chancelant entre les brancards, finissaient
par fournir un petit temps de galop. On entendait alors comme un écroulement de maisons, et les voitures publiques, accrochées,

dégringolaient deux à deux, quatre à quatre,
se perdant dans un nuage opaque de poussière...
Après les carrosses, les écuyers. Debout sur leurs
mules criblées de pompons et de grelots, des
meuniers faisaient tourbillonner et bruire les
cordes noueuses de leurs fouets qui rhythmaient
des fanfares ; enveloppés de leurs immenses
limousines, des montagnards lauzertains avaient
peine à contenir les indomptables *bardeaux*
qu'ils montaient, et c'était étrange que de voir
ces bêtes à tête et corps de baudet, ainsi que
l'ânesse qui les avait conçues, hennir comme
l'étalon qui les avait engendrées ; sévère au
milieu des vestes bleu-de-ciel, des camisoles
écarlates, des jupes omnicolores et riantes,
apparaissait brusquement la robe noire de quelque placide curé : bien assis sur son bidet
hongré, le tricorne collé à la nuque, les rênes
aux dents, il s'efforçait à lire son bréviaire et
cheminait cahin-caha ; derrière lui, tout habillés
de rouge et sonnant de la trompe, des piqueurs
marquaient le pas entourés chacun de sa meute,
dont chaque chien donnait de la voix. Avalanche
d'hommes, de chars et d'animaux, bruyante
comme le tonnerre ; amalgame de couleurs
crues agitées dans le soleil et la poussière : les
charretiers juraient, les bêtes se cabraient, des
femmes, des vieillards, des enfants se juchaient
afin de se garer sur les piles de cailloux qui

jalonnent la voie ; on entendait dans la bagarre
renâcler les chevaux, beugler les bœufs, clatir
les chiens, grogner les porcs, bêler les ouailles,
vociférer les gars ; et ce tohu-bohu de
monde et de bétail se ruait tourbillonnant
dans la route encombrée, et, tout à coup, bêtes
et gens, piétons, cavaliers, rouliers et postillons,
s'arrêtaient, effarés à l'aspect d'un tronc et
d'une sombre tête d'homme, vivant et parlant,
lequel, coiffé d'un chapeau de marin et lié
avec des sangles de cuir dans une sorte d'auge
profonde assujettie à la cime d'un madrier dont
l'autre bout avait été fiché en terre, surgissait
à l'improviste à l'un des tournants du chemin
et racontait de cette voix rude et rauque commune à tous les loups de mer, comme quoi,
matelot du grand navire à trois ponts : *la
Ville-de-Paris,* il avait eu, dans les haubans de
ce vaisseau, embossé devant la rade, les quatre
membres emportés à la fois par un seul paquet
de mitraille russe, au bombardement de Sébas-
topol... On écoutait, émus, ce récit lamentable,
et, poussés par un nouveau flot d'animaux
et de chrétiens sans cesse accru, l'on passait
outre après avoir fait l'aumône au mutilé.
Quel encombrement ! quel bruit ! quelles clameurs ! Au milieu de la foule épaisse et difficile
à percer, des bœufs arrivaient par caravanes ;
ils s'avançaient et mugissaient avec mélancolie,

en regardant à travers les haies les gras pâtu-
rages ; alarmées, des juments hennissaient
d'inquiétude, tandis que leurs poulains gamba-
daient autour d'elles ; on entraînait des vaches,
ayant la plupart leur veau suspendu gourmand
à leurs mamelles gonflées de lait ; en larmes,
des brebis, d'une voix lamentable, réclamaient
leurs agneaux tassés dans le véhicule rouge du
boucher et pleurant à fendre l'âme, tandis que,
parmi de noirs ou de blancs troupeaux de
moutons, des béliers irascibles se heurtaient ;
éperdus, des pourceaux qu'on traînait sur le
gravier de la route avaient des cris douloureux
et risibles ; sottes et se dandinant toutes gro-
tesques, des oies, en bandes, dressaient leurs
têtes de vipères et claironnaient en chœur ;
idiots, des canards jabotaient en sourdine et
des dindons sautillaient, dolents, sur la plante
de leurs pattes et sous les gaules des guides ;
se précipitant, tombant, se relevant, trébuchant
sous une grêle de cris et de horions, un âne
abasourdi s'arcboutait parfois opiniâtrément sur
ses sabots et, dominant une seconde la clameur
générale, il se prenait à braire. Enfin, enfin !
dans les rayons du couchant et les volutes de
poussière, parmi les claquements de fouet, le
bruit argentin des grelots, les jurons, les rires,
les vociférations des maquignons et des rouliers, les bestiaux beuglant ahuris, et les voi-

tures enchevêtrées, des galants poussaient droit
devant eux, se tenant par la main, ne voyant,
n'entendant rien qu'eux-mêmes au milieu du
tumulte excessif, et si les prunelles magnétiques
de chacun d'eux se rencontraient, attirées réciproquement de l'un à l'autre, ils semblaient
aussitôt prêts à défaillir sous les caresses et
les langueurs endormantes du regard — les
amoureux !

Inot, toujours adossé contre la pierre routière, souriait rêveur aux amants et pensait à
la « sienne. » Il se flattait que peut-être il serait
bientôt heureux avec elle et par elle et qu'ils
vivraient paisibles ensemble au fond du bocage
aimé... Comme il songeait à cela, du haut
d'une charrette bondée de cages de volailles,
jaillit tout à coup le chant d'un coq. A ce cri,
qui pouvait bien être un adieu suprême au
pays natal, Guillaume eut les entrailles remuées
d'une pitié fraternelle. Il se dit que sa peine à
lui serait aussi bien grande s'il était forcé de
déserter ses campagnes toujours hantées de
verdure et de soleil, ses bois et son amie, tout
ce qu'il aimait à plein cœur. Alors, pour la
centième fois, ses yeux interrogèrent la côte. Il
tressaillit. Fonsagrives, en habit de velours
merde d'oie et coiffé de sa rouge enseigne,
arrivait, flagellant son âne. En arrière et sous
la queue de sa monture anhélait un grand chien

de pâtre, un *labri* noir et long-poilu comme
un bouc. Cinq à six pas en avant, marchait
Janille, heureuse, un panier au bras. Guillaume
alla vers elle.

— Adiou, ma mie ; et puis après, saluant le
langueyeur et lui tendant la main : Adiousias,
oncle, adiousias !

Fonsagrives eut un air on ne peut plus
agréablement étonné.

— Par cet éclair ! fit-il en frappant sur la
ceinture de laine écarlate dont il était ceint et
qui rendit un son métallique, c'est le bouscassiè !... Je suis si content de te voir, garçon,
que je ne le serais pas davantage si l'on me
donnait un plein chapeau de pistoles. Approche
un peu que je descende de mon âne, prends
l'étrier ; et toi, nièce, attrape vite la bride au
bourriquet.

Elle obéit en souriant.

— Voyez-vous, les enfants, c'est toujours
ainsi, reprit le langueyeur après avoir mis pied
à terre ; quand on caquette avec la poule, on voit
venir le coq. Nous parlions de toi, *junhomme,*
sans en dire du mal ; bien au contraire ! demande à la nièce...

Enchanté, ravi, l'innocent regarda sa maîtresse, qui, la maligne, cligna des yeux.

— ... Marchez donc un peu devant moi tous
deux ensemble, pour voir. Aussi vrai que je

m'appelle Olivier-Pancrace Fonsagrives, et que
je n'ai jamais eu peur d'un litre de rouge ou
de blanc, vous faites la paire, et quelle paire !
De Lauzerte-Cadurcine à La Française, en cherchant bien, on ne trouverait pas mieux que vous.
Oui, peut-être qu'il n'y a pas en ce monde vos
pareils ; vous êtes juste de la même taille. Par
saint Alpinien ! on vous mettrait au joug et
vous seriez bien accouplés. Ah ! Viédaze ! ce
que c'est que d'être jeunes et de s'aimer ainsi.
Vous devez vous croire en paradis, Saint Dieu !
tout à fait en haut, à côté des saints et des
saintes sous la roue du soleil, au mitan des
cieux.

— Eh ! je te l'avais bien dit, nigaud, souf-
fla-t-elle à l'oreille du sien, il est tout à fait
pour nous, tu vois.

— Vrai, répartit le trop crédule sauvageon
qui nageait dans la joie et parlait de cœur, vous
êtes un brave homme ; vous êtes franc comme
l'or, langueyeur.

— Brave !... On raconte partout que je le suis,
et je trouve qu'on a raison. Moi, je ne dois
rien à personne, et l'on me doit plus de quatre
deniers. Si j'en trouve l'occasion, je bois un
coup, j'en bois deux et même trois. A cela, je
ne vois point de mal. Ce que j'ai, mes vignes,
mes prés, ma borde, je ne l'ai point gagné
sans suer à la rage du soleil. Mais il ne s'agit

pas de ça!. . La nièce, il me semble que je t'ai
dit d'aller devant avec l'âne ; le coquinet et
moi, nous avons besoin de mettre le cœur sur
la main, sans témoins ; il est franc, je le suis
comme lui ; nous ne passerons pas par quatre
chemins, et nous arriverons droit où nous vou-
lons arriver... Allons! file donc, petite, et
rondement !

Elle avait déjà pris les devants et trottinait,
accorte et joyeuse, à côté du grison qui, flairant
ânesses et cavales, ricanait doucement en relevant la queue.

— Ici, Talabar! Un chien bien appris et
sage ne doit jamais quitter celui qui le nourrit
et le loge. Ohé! Talabar, on te cassera les
reins, animal sans raison et qui fais celui qui
n'entend rien à l'ordre. Ici, milo Dioux! Talabar, Talabar, ici !

Le *labri* abandonna la fillette, qu'il suivait,
tout frétillant, et revint comme à regret et la
queue basse occuper de nouveau son poste
derrière les talons de son maître dont la marche
s'accélérait...

— A présent, bouscassiè, reprit Fonsagrives
en essuyant les grosses gouttes de sueur qui
perlaient au bout de son nez bourgeonné, cramoisi comme une tomate, et se mêlaient aux
larges paraphes violets que le vin rouge du
terroir avait dessinés aux coins de sa grande

21

bouche lippue ; à présent, m'ami, que toi et
moi nous sommes tête à tête et bien seuls (oh !
je ne compte pas mon aboyeur ; tu dois comprendre qu'il n'ira pas redire nos chansons), à
présent que personne ne nous gêne et que nous
pouvons nous déboutonner à notre aise, nous
allons nous expliquer, garçon, mais auparavant,
donne-moi ton bras que je m'y appuie, le soleil
m'a tapé sur la caboche, et puis mes jambes
qui se font vieilles et maigres sous mon ventre
qui pousse, engraisse, et s'arrondit à vue d'œil,
tirent, les sacrées gueuses ! à hue quand je veux
qu'elles tournent à dia... Vois-tu, mon cher futur
neveu, primo, d'abord avant tout, il faut être
raisonnable ; écoute-moi bien : il y a, comme
cela, dans la vie des jours qu'il fait froid et des
jours qu'il fait chaud ; aujourd'hui, l'on rit et
demain on pleure ; et, pendant cela, le temps
passe, passe, passe si vite qu'on n'y fait pas
attention. Moi, qui te parle, et qui suis heureux
comme une carpe au fond de l'eau, j'ai eu des
peines si traversières que la tête m'en virait
comme une aile de moulin à vent, et que je
pensais tout de bon à me détruire. Par bonheur,
on me fit comprendre que la vie est trop courte
pour songer à la raccourcir. Aujourd'hui que
je ne me souviens plus de mes anciennes tabla-
tures, je ne consentirais pour rien au monde
à m'égratigner tant seulement le cuir, pour

rien au monde, non, monsieur. Mais parlons
un peu de toi, l'ami ! Tu ne possèdes, que je
sache, absolument rien qui vaille au soleil ; ce
n'est certainement ni de ta faute ni de la
mienne. Après cela, tu vaux, dit-on, et, je le
crois, ton pesant d'or, quoique minable. Ouvre
l'ouïe. A ta place, vois-tu, mon gaillard, voici
ce que je me dirais : « Je suis jeune, je n'ai ni
père ni mère, ni biens ni monnaie, et je ne
peux pas m'empêcher d'aller où veut que j'aille
le gouvernement, puisque je lui appartiens,
étant tombé au sort. Bon ! alors, je vais à
l'armée, et je demande la permission à mon
capitaine de me rendre chez les Arabes. Une
fois chez eux, j'en tue autant que j'en peux
tuer, j'en crève une demi-douzaine par jour, s'il
y a moyen, et si j'attrape quelque bonne balafre,
tant mieux ! On me sert une pension que je me
mange ensuite tranquillement, dans un coin,
sans me faire de la bile, en me grattant à mon
aise la sole des pieds et en buvant plutôt dix
fois qu'une à la santé de ceux que j'ai matés
et dont la mort me rapporte l'agrément de bien
ripailler, tout le long de l'an, avec de bons
chrétiens qui payent toujours, comme de juste,
leur écot et quelquefois aussi le mien, bien
entendu... » Ce que je me dirais parlant à ma
personne, si j'étais à ta place, enfanteau, tu
viens de l'entendre, mon ami, tu viens de l'en-

tendre. Es-tu content de mes fredons? Tu
devrais l'être, si tu ne l'es pas, et me sauter au
cou pour me prouver que tu sens bien l'amitié
que je te porte. A présent, si ça peut te faire
plaisir, embrasse-moi, petit, tout à ton aise.
Vrai, ne te gêne pas, appelle moi le brave
des braves, le meilleur des meilleurs, le premier
des premiers, appelle-moi ton oncle, appelle-
moi ton père, appelle-moi ta tante, appelle-
moi comme tu voudras, je ne me fâcherai de
rien et resterai ton dévoué quand même et
toujours, je te le jure sur trente-six mille têtes
de saints, devant Dieu et devant les hommes,
bouscassié!

Tremblant comme la feuille, Inot s'était
planté en face du langueyeur, qui, les narines
au vent, se dandinait appuyé sur son bâton
noueux, avec la présomption d'un Saint-Jean-
Bouche-d'Or.

— Un peu de patience, garçon, reprit-il, l'œil
cruel comme l'acier et les lèvres caressantes
comme du velours, un peu de patience, je n'ai
pas encore fini! Tu me regardes de travers
comme si mon raisonnement ne te convenait
pas. Il est pourtant solide et sage comme pas
un. Fais appeler devant moi, le maire, le
curé, le notaire, l'huissier et même le médecin,
y compris le vétérinaire, et je te parie cent
contre cinq qu'ils me donnent raison, l'un après

l'autre ou tous ensemble. Ah ! pardi ! que le
cou me saute, si je ne te vois pas venir. J'entends bien. Très bien. A l'armée tu n'auras
pas ta bellote. Tu as de l'amitié pour elle, je
n'en disconviens point. Certes, elle vaut que
tu l'aimes : elle est jeunette, elle est blanche
comme l'aube, elle est douce comme une
agnelle, elle a la bouche en cœur et plus rose
qu'une rose... rose ; elle a de grands yeux
fendus en amande et couleur de la violette,
elle a les cheveux aimables et roux comme le
soleil et l'or, on dirait qu'on l'a pétrie dans les
coquelicots, les églantines et les scorsonères et
qu'elle est sortie telle qu'elle est, d'un moule
tout neuf, *la demoiselette !* Oui, oh ! mais oui !
J'en tombe d'accord, elle est pure et neigeuse
comme le lys ; et j'en conviens aussi, de
Moissac à Montauban, en longeant la rivière
du Tarn, et de Moissac à Cahors en allant de
montagne en montagne, on ne trouverait pas
une pucelle de son calibre ; oui, ma foi ! c'est
le plus joli pucelage qu'il y ait dans nos contrées. Il ne faudrait pas avoir de goût pour la
trouver haïssable... Pourtant, tends l'oreille de
mon côté, fils. Moi, je suis vieux et je
connais beaucoup de choses que tu ne sais pas
encore, entre autres celle-ci : Que ce soit en
France ou bien à l'étranger, une femme en
vaut toujours une autre, et toutes ensemble ne

valent pas le quart du quart d'un homme, si
mal raboté qu'il soit. En tout temps, en tout
pays, un mâle a toujours valu plus qu'un
million de femelles. Ah! Des femmes, est-ce
qu'il en manque? Il y en a autant et plus que
des mouches. Il en pleut. Il en neige. Il en
tombe de partout. Ne te chagrine donc pas. A
défaut de celle que tu guignes, tu dénicheras
toujours bien une compagne pour t'aider à la
couler douce; ah! m'ami, crois-moi, tu en
trouveras toujours une, deux, trois et même
dix, sois tranquille.

— Jamais, jamais, jamais, je n'aimerai que
Janille!

— Que dis-tu là, mon bougre, ah! bon Dieu!
que dis-tu là?

— La vérité pure de mon âme, Olivier Fonsagrives de Saint-Paul de la Rivière; oui, langoyeur, la vérité!

— Pauvre bouscassiè, tu résonnes comme un
méchant tambour de basque! Eh! tiens, Talabar, mon chien qui est là, Talabar ne dirait
pas les coïonnades que tu dis, et même je parie
que mon bourriquet, plus *financier* que toi,
trouverait mieux la marche à suivre. Ah! si tu
causais ainsi : « Votre palôte a bien quelque
chose et moi je n'ai rien; en l'épousant je ferais
une affaire cossue; » moi, je te répondrais que
tu mets le doigt où il faut. Voilà la question,

la vraie, la seule ; il n'y en a pas d'autre. Elle,
l'infante, te plaît, tu lui plais, d'accord ! Mais
depuis quand est-ce l'usage que celui qui a de
la *viande* épouse une donzelle rapiécée, et que
celle qui a les poches garnies prenne en mariage un chevalier qui ne possède sous la
courbe du ciel qu'une bouche pour tout avaler.
Doucement ! tu roules des yeux comme une
vipère à qui l'on marche sur la queue. Oui, je
te conçois. Tu veux dire que ce n'est pas l'in-
térêt qui te fait aimer la nièce. Il se peut. Mais
écoute-moi : celle que tu trouves si drue et qui
l'est, remercions Dieu ! celle-ci serait bien près
d'être laide, si la monnaie ne la faisait pas
luire un brin. Que veux-tu que je te roucoule
encore, moi ! Son père, Rouma, te l'avait promise, et ma sœur, la Roumanenque, veut la
garder. Encore, peut-être on te l'aurait donnée
si tu n'étais pas tombé au sort. Maladroit que
tu es, pourquoi ne laissais-tu ce bout de chiffre, le
plus petit, ce gros 1 au fond du sac ? A présent,
il te faut partir, aller à l'armée. C'est un malheur, un malheur sans remède. Voilà ! mais j'en
connais qui te valent et qui décamperont sans
ruer. C'est un malheur ! Je n'y peux rien. Rien
du tout. La mignarde, qui n'entend goutte aux
affaires du monde, espérait que je t'achèterais
un homme. Il faut être juste : elle, puisque je
n'ai pas d'enfants et que je suis bien décidé à

rester veuf, sera mon héritière.... plus tard !
Oui, plus tard : regarde-moi, je suis encore
jeune. Soixante ans ! Qu'est-ce que c'est que ça !
Rien ne m'empêche de vivre encore autant et
davantage. Le Ribal de Saint-Carnus, qui a
servi sous l'*Ancien,* a, je le sais, onze dix
passés ; pourquoi ne deviendrais-je pas aussi
vieux que lui ? Notre voisin, Andoche Kardaillac, qui s'est battu sous la première République, laboure et fauche et sarcle, et pourtant,
il est antique, le citoyen ! Est-ce que quelque
chose m'empêche d'arriver à l'âge auquel est
arrivé ce noble guerrier ! Ma caisse est en
fer. Je vais comme l'horloge de Saint-Pierre à
Moissac et je bois comme un trou. Mes cheveux sont poivre et sel, c'est vrai ; mais de
ceux qui me restent, on couvrirait encore la
toiture de plus d'un pelé. Quant à mes dents,
elles tiennent ; il ne m'en manque pas une
seule. Holà ! regarde-moi ce râtelier de requin,
bouscassiè..... quelle gueule prospère, eh ! l'ami ?
Franchement, bâti comme je le suis, on peut
se foutre de la camarde et je m'en fous. Oui,
mais, attention ! En vieillissant, je ne pourrais
plus langueyer les porcs ni les châtrer, et, que
je le veuille ou non, il faudra que je vive de
mes revenus qui ne sont pas gros, gros, je
t'assure. Vingt-cinq cents francs qu'il faudrait
pour te payer un remplaçant ne se récoltent

point comme cela sous les fers d'un cheval.
Les tirer de mon capital, que nenni ! S'il m'arrivait un jour de manquer de pain, parents, amis
et connaissances, chacun dirait : « Bonsoir,
Fonsagrives et la compagnie ; mange, si tu
peux ; crève, si tu veux ! » Pauvre et caduc,
cher cœur, ça quadre assez de travers, Dieu
me damne ! et, quand ça se trouve ainsi, l'on
finit ordinairement dans le cul de quelque hôpital. Ah ! mon bon petit ami chéri !... Vingt-
cinq cents francs !... Attrape-les ailleurs. Je ne
veux pas me démunir ; et puis j'ai des dépenses
à faire : il faut que je répare mon pigeonnier
qui tombe en mies ; il faut que je change
mon bourriquet qui n'en peut plus, il est pous-
sif, arqué, fini ; regarde-le. Un beau matin il
me tomberait dessus si je n'y prenais garde, et
m'aplatirait comme un œuf. Il faut que je le
remplace par une bonne cavale bretonne qui
me portera bien, sans broncher et sans me faire
des bêtises. Tu vois, il me faut beaucoup,
beaucoup d'argent, et ne peux te prêter un
simple denier. Vingt-cinq cents francs ! Viédaze ! Je ne suis pas assez riche pour te faire
ce cadeau ! Tiens ! Si tu veux savoir le fin fond
de ma pensée : ce que je ne fais pas pour toi,
je ne le ferais pas pour mon fils, si j'en avais
un. Il partirait, il irait à l'armée, il irait au
diable, je te le jure devant le vieux gouver-

22

nant de là-haut qui m'entend et qui peut me
fusiller roide si je ne dis pas vrai. Donc, à la
fin des fins, ton plan est de partir et d'oublier Janille qui, crois-moi, ne demande pas
mieux, au fond, la pauvre enfant, que tu la
plantes là !

— Tu mens, langoyeur, tu mens ! aussi vrai
qu'il y a toujours eu et qu'il y aura toujours
des arbres sous le soleil ! tu mens ! tu mens !
tu mens ! s'écria le bouscassiè froid et pâle
comme la mort.

— Oh ! oh !! oh !!! La Janille ne m'a pas
dit cela, je suppose qu'elle le pense ; car io !
Founsagribos, qui connais les femmes, j'estime
qu'elle est faite comme toutes celles que j'ai
vues. Écoute, je te le répète encore un coup, les
femmes, noble et brave bouscassiè, que je porte
en mon cœur, les femmes, c'est un bétail mignon et capricieux, traître et méchant, qu'on
doit mener à coups de fourche. Il faut que je
t'instruise à fond, car je vois que tu n'entends
rien de rien à la question. Ecarquille bien ton
esprit, innocent, et sache ce que c'est que le
mariage dont tu te montres si fort en goût.
Attention ! Y es-tu ? Je commence. On en a
toujours trop des noces et de ce qui s'ensuit.
Tiens, voici la chose au plus simple ainsi qu'au
plus commun. Un poul s'associe à quelque
poule de la contrée. Oh ! ça va bien, très bien,

d'abord. Un peu plus tard, le coq ne bat plus
que d'une aile, ne pique plus que d'un éperon,
et sa glousse se trouve la bien mal servie.
Aie! aie! aie! Un beau matin, elle voit passer
au ras de la maison *noubiale* (nuptiale), quelque jeune et vaillant chanteur étranger, cric,
crac; elle s'accroupit d'elle-même et puis, elle
se relève, augmentée : Et voilà: Qu'arrive-t-il
ensuite? On dit plus tard de long en large, à
travers le pays : Savez-vous pourquoi tel ou
telle ressemble si peu à son père? c'est que ce
particulier est de la grrrande, grrrrrandissime
confrérie de Saint-Joseph ; il en porte de longues à faire trembler un cerf ; il est cornard,
il est cocu. Voilà ce que c'est, bouscassiè;
Voilà ce que c'est! Tu connais les femmes à
présent. Elles sont toutes de la même pâte, et
Janille, *nostro Janillo...*

Les yeux de Guillaume avaient pris une
expression si douloureuse et si terrible, que son
bourreau n'osa pas retourner davantage le couteau dans les blessures qu'il avait faites. Il eut
peur, ce perfide, ce lâche, ce cruel, qu'excédé
de souffrance, le martyr, à la fin des fins, ne le
saisit entre ses mains, réputées les plus tenaces
du pays et ne le cassât « lui, pauvre vieux! »
sur les genoux, ainsi qu'une vieille branche.

— O mon Dieu? ne te fâche pas, garçon,
balbutia-t-il mielleux et le verbe tremblant ;

aussi vrai que me voilà, j'aime tout plein la
nièce, et pour lui faire plaisir, je suis prêt à te
donner tout de suite un coup d'épaule, et même
deux.

Inot eut le geste d'un homme qui rencontre
un reptile et va marcher dessus, et puis, se
contraignant, il dit entre ses dents serrées, ce
mot, ce seul mot :

— Serpent !

— Au revoir, tête brûlée, dit le langueyeur
s'esquivant au plus vite, il faut que je parle à
ce farceur de Cônis qui me doit neuf écus de
six livres, et qui passe sur la route sans avoir
l'air de me reconnaître... « Hé ! toi qui file !
arrête un peu ; ne décampe pas si vite, je t'ai vu, tu
ne m'échapperas pas comme ça, mon gaillard ! »
Au revoir, polisson ; les affaires avant tout, tu
comprends... (Un moment, Talabar ! Attends-
moi donc un brin, chien de misère !)... Il faut
les faire quand on peut ; adieu donc, Inot de
mon cœur, et porte-toi bien. Sans rancune,
fils ! sans rancune. Je t'aime quasiment comme
si tu étais mien, et je t'ai parlé de même, bouscassiè...

L'on eût dit Guillaume pétrifié. Toutes ses
forces vives s'étaient exhalées dans ce cri : « Tu
mens ! » que l'insinuation féroce du discoureur
lui avait arraché des entrailles. « Ohé ! l'endormi,
lui cria un charretier, si je t'avais écrasé, tu

l'aurais bien voulu, par exemple ! A-t-on jamais vu quelqu'un se jeter ainsi sous les roues
des limonières ! » Un moment après, un bûcheron du voisinage le prit par le bras, et lui dit
en riant : « Que fais-tu là sur la levée, planté
comme un pieu ? Que regardes-tu donc à terre ?
On dirait franchement, que tu y vois des perles !
Allons ! Allons, suis-moi, viens vite. » Il répondit à l'interpellant, qui voulait à toutes forces
l'emmener en forêt : « Laisse-moi, Victor-
Alexis ! » et resta, chancelant, sur ses pieds,
ainsi qu'un corps sans âme, au beau milieu de
la route royale.

Une grande rumeur se produisit tout à coup
derrière lui, vers La Française. Il tourna la
tête et vit les mécontents avec lesquels il
avait bu à l'auberge des Trois-Poux, chez Astaruc le gascon, qui s'en revenaient tous ensemble, à leurs champs. Ce n'étaient plus les
mêmes êtres. Adieu l'honnête et belle émotion qu'une heure auparavant, au cabaret, ils
avaient tous ressentie en entendant chanter
leur camarade, ému comme eux, à l'idée af-
freuse de quitter et la famille et le pays. Exas-
pérés à présent par l'eau-de-vie et le vin, ils
s'avançaient, hurlant, dans les flots de poussière soulevés à chacun de leurs pas et suivaient, tumultueux et désordonnés comme des
moutons, leur porte-drapeau secouant au vent

la branche de chêne, où s'entre-choquaient à grand branle et socs de charrue et cornes de bœufs. A cheval l'un et l'autre, et dos à dos, sur la haute jument gris-pommelé du Perche, Yzède, le fifre infatigable de Saint-Charles-Borromée, et Matalenou, le tambour fameux de Sainte-Pétronille en Forêt, qu'on avait rencontré à La Française, sonnaient à qui mieux mieux une marche guerrière, étroitement entourés de toute la bande. « Au galop, enfants, au grand galop ! » Et, sans même apercevoir Inot qui, de son côté, ne les voyait guère, ils passèrent bras à bras et comme une volée de mitraille devant lui, tous braillant à tue-tête et d'un air vraiment terrible l'antique chanson du SOLDAT DU QUERCY.

Cuirasse au dos, couvert du casque,
Et tout criblé, rouge de sang ;
Cuirasse au dos, couvert du casque,
Je faucherai comme un paysan.

Rouge de sang & noir de poudre,
Je faucherai têtes & bras ;
Rouge de sang & noir de poudre,
Je fendrai tout de haut en bas.

Et si l'Anglais demande grâce
Je lui dirai : « Rends ton drapeau
« Sinon, Anglais, aucune grâce... »

. . . .

A leurs patriotiques, mais sauvages accents,
on sentait que, le fusil ou la baïonnette, ou le
sabre aux mains, ces louveteaux des campagnes quercynoises, enrégimentés et précipités
dans la bataille, eussent tout éventré devant
eux, hommes et chevaux, sans faire quartier à
l'ennemi, même vaincu. Toutes les vieilles
haines nationales, assoupies ou mortes, revi-
vaient dans leur bouche au nom exécré de
l'*Anglais*. Envoyant dans les airs les strophes
de leur hymne de guerre, ainsi qu'ils eussent
envoyé des crachats à la face de l'étranger, ils
traversèrent comme un boulet râmé la foule,
rangée au long des fossés de chaque côté de la
route, et disparurent bientôt en des tourbillons
de poussière, avec des bruits de tonnerre et d'ou-
ragan.

Réveillé par la clameur guerrière et rendu
presque entièrement à lui-même, Inot, enfin,
releva la tête, et portant la main à la hauteur
de l'œil, il aperçut au loin sa mie qui tenait
l'âne par la bride et marchait à petits pas.

S'étant mis à courir afin de la rejoindre, il eût bientôt dépassé Fonsagrives, en train de se chamailler avec le débiteur accroché au passage, et rattrapé les conscrits engagés on ne sait pourquoi, sous les arches d'un aqueduc coupant une ancienne voie romaine. Il courait, il sautait à travers le monde, il volait, et, tout en nage, il criait à chaque pas :

— Ohé! Janille! Ohé!

Il y avait entre elle et lui trop de distance encore, et trop grand était le tapage que faisaient sur la route et les chemins d'alentour, équipages, gens et bestiaux, pour qu'elle pût l'entendre.

— Aoo-oh! Janille! Oh!

Elle crut enfin ouïr son nom au milieu de la bagare, et s'arrêta.

— Janille! Janille!

— On m'appelle, et c'est lui-même; il doit être bien aise!

Elle fit aussitôt volte-face.

— Ah! mon Dieu! s'écria-t-elle à l'aspect de Guillaume, qu'elle s'attendait à revoir si radieux, est-ce que l'oncle ne t'aurait pas tenu de bonnes et franches paroles? Est-ce qu'il a changé d'avis? Est-ce que, par hasard, il nous abandonne?

Il branla la tête ayant la mort dans les yeux.

— Hélas! soupira-t-elle, je te comprends ;
hélas ! mon Dieu.

— Ce n'est pas tout, dit-il alors, sévère, en la
regardant profondément dans les prunelles :
Es-tu franche, toi?

— Quoi donc?

— Es-tu loyale?

— Oh! Guillen.

— As-tu le cœur ami de la langue? Il faut
que tu me parles ici, fille, avec ton corps et
ton âme ensemble.

Elle joignit les mains, tout affligée, et deux
grosses larmes roulèrent sous ses cils, cependant que la bourrique s'en allait, la bride sur le
cou.

— Mienne, reprit-il, l'oncle, qui y voit très
clair, pense, estime, juge que tu ne m'aimes
pas ; il m'a dit, entends-tu, que tu ne m'aimais
pas.

— L'oncle! il t'en a imposé!

— Je voudrais bien croire à ton discours et
pourtant, je ne peux.

— Il en a menti, je te le jure!...

Et, révoltée, elle était, en proférant cela, superbe d'énergie.

— Ah ! mienne...

Une lueur de paradis passa sous les paupières mi-closes de l'amant, et toute sa face en
fut à l'instant rassérénée.

23

— Oui, je te crois; oui, n'est-ce pas, ma
toute fidèle, que tu m'aimes? Le pacant! Il
m'a semblé qu'il m'ouvrait les chairs et m'arra-
chait le foie.

— Oser te dire... et toi, coupable aussi, tu
l'as cru!

— Pardonne-moi, si tu savais... Il ne faut
pas trop m'en vouloir.

— Oui, je te pardonne; mais ceux à qui je ne
souhaite que du bien, et qui me font du mal
ont tort, et grand tort de se comporter de la
sorte. Ecoute-moi; cela ne se passera pas comme
ça, non, oh! non, ami... Je veux te voir, te
parler longuement, demain.

— Demain?

— Oui, demain, sans faute où vas-tu travailler?

— A la Guirlande-des-Chênes, sous Roche-
monille, en forêt.

— Y resteras-tu toute la journée?

— Oui, de l'aube à la nuit, du chant de la
farlouse à celui des rainettes.

— J'irai t'y joindre.

— Quand? Dans la matinée ou bien à la
vesprée?

— A la brune; y seras-tu, sûrement, Guillen,
y seras-tu?

— Janille, j'y serai.

— Dès aujourd'hui, sois tranquille, *meou,*

on ne me mènera plus à la lisière ainsi qu'on
l'a trop fait jusqu'ici... mais, crois-moi, va-t'en
vite à présent, car j'entends venir derrière nous
le mauvais langueyeur. A demain soir, à
demain.

— A demain donc !

Et, sur le point de se quitter, s'étant pris les
mains et noué les doigts, ils se baisèrent tendrement d'un long regard, où leur âme avait
passé toute, et ce baiser ardent et chaste
durait encore qu'un immense cri d'effroi fit
explosion autour d'eux.

Ils s'éveillèrent, troublés, et tressaillirent en
entendant en arrière la parole stridente de
Fonsagrives qui criait hors de lui, fort essoufflé :

— Gare, nièce ; gare-toi !...

Cent, deux cents, trois cents voix humaines,
que la peur étranglait, éclatèrent ensemble au
même instant :

— *Lou taourel!* (le taureau) *lou   taourel !
lou taourel !*

Inot se retourna... Bon Dieu ! Le péril était
là, terrible, et la mort peut-être aussi. Soulever de terre et comme une plume Janille défaillante, et l'emporter avec lui dans un petit
chemin creux ourlé de haies et sillonné de
fondrières à droite de la grand'route, il fit cela,
rapide comme l'éclair. Une seconde encore, et,
franchi l'un des deux talus entre lesquels était

encaissé le sentier surplombé d'un dôme de
ronces, ils eussent été hors d'atteinte, elle et lui.

— *Biro! Biro! Biro!*

Par ce nouveau cri, en vingt secondes autant
de fois répété, la foule, avertissant Guillaume
qu'il n'avait pas le temps d'escalader la pente
au sommet de laquelle il voulait se réfugier, il
déposa sur l'herbe, au revers du fossé, sa
fiancée, aussi blême qu'une morte, et fit face
à la bête, dont le souffle humide et chaud
lui avait mouillé les reins.

C'était un taureau brun fauve de Gascogne,
agile et plein de feu, que les conscrits avaient
affolé par leurs vociférations, et qui bondissait
et beuglait, ayant des lambeaux de vêtements
à la pointe des cornes, et du sang au poitrail. Le
fichu rouge et blanc de la Roumanenque l'avait
attiré. Noirs, ses yeux étincelants s'étaient posés
sur Inot qui, renonçant à fuir davantage, ramassé
sur les jarrets et les mains à demi jetées en
avant, à la façon des pâtres-dompteurs des montagnes du Rouergue, attendait sans broncher, il
courba la tête et couvrit d'écume ses fanons,
ensuite, étonné peut-être qu'on osât l'affronter
de la sorte, il se cabra tout à coup, et puis ses
ongles déchirèrent la terre, tandis qu'il mugis-
sait, le mufle au ras du sol, la queue ondulant
éployée et bruissant comme une flamme au-
dessus de ses reins.

Hommes et femmes du pays, arrêtés sur la Route-Royale, bouviers et rouliers, debout sur leurs charriots, maquignons à cheval et se haussant sur les étriers, bergers accotés sur leurs houlettes, tout un monde immobile et comme pétrifié de terreur, regardait l'homme et l'animal en présence l'un de l'autre et s'observant tous les deux.

— Ho! Seigneur-Dieu! s'écria quelqu'un, ô Jésus-Maria!

La bête avait bondi, furieuse, en avant, et, sous ses sabots, le gravier et le sable volaient de toutes parts.

— O la fillette!

— Elle est morte!

— Ils sont perdus!

— Aie! Aie!...

Habiles et bruyantes, les mains de Guillaume s'abattirent tout à coup sur les cornes baissées du taureau.

— Miséricorde! aïou!

Tous les yeux en ce moment se fermèrent, mais pour se rouvrir presque aussitôt, et fouiller de mille regards avides, le chemin creux où chacun s'attendait à voir les amants étendus côte à côte sans vie ou, tout au moins, grièvement endommagés. On ne remarqua rien d'abord, si ce n'est une masse de poudre montant en tourbillons, et l'une des haies qui vibrait, très agitée ; ensuite, la poussière se dissipant peu à peu, l'on aperçut quatre membres velus et noirs, se trémoussant follement, un ventre ainsi qu'un mufle tournés vers le ciel, ensuite toute la charpente de la brute renversée sur le dos, et puis, enfin, portant à bras le corps sa promise saine et sauve, le vainqueur qui se dressait, pâle, mais calme, à la crête du talus.

De grands soupirs de soulagement sortirent alors de toutes les poitrines, et les conscrits, enthousiasmés, surpris de ce qu'avait fait sous leurs yeux, le « petit ermite de la Crête-des-Chênes, » s'élancèrent vers lui, qui parlait tendrement à la sienne mourante, tandis que la sauvage bête à cornes, malencontreusement tombée dans le ravin trop étroit pour qu'elle pût se relever sans assistance, beuglait, allongée sur l'échine et les quatre fers en l'air.

— Un capable, un dégourdi, c'est toi, vraiment. Es-tu blessé ?

— Non.

— Oh ! Viens boire quelque chose, ami ; rien de tel qu'un glou-glou pour vous apaiser le sang.

— Un bon coup de pied au flanc gauche, une bonne pesée sur la corne droite du rebelle, et le voilà sens dessus dessous en train de gagner l'avoine... Ah ! certes, c'est une solide poigne que la tienne, mignon, foi de berger du Quercy !

— Positivement, c'est travailler comme il faut, cela !

— Camarades, c'est un intrépide, celui-ci ; vive le bouscassiè !

Mais lui, dédaigneux de louanges et ses mains dans celles de Janille, encore toute tremblante, rompit le cercle des curieux, et s'avança droit à Fonsagrives, ahuri complètement.

— Tiens, langueyeur, fit-il en le regardant bien en face, on te la cède pour aujourd'hui, reprends-la ; mais tâche d'avoir soin d'elle à la maison...

Et cela dit, ayant écarté tous ceux qui voulaient le retenir, et fait du coin de l'œil un signe d'intelligence à son amie, il prit à travers champs et s'enfonça dans les seigles. Un quart d'heure après, la belle côtoyant toujours la grand'route et précédant son oncle maternel remonté sur l'âne et flanqué du labri, la belle, qui suivait encore des yeux son *sauveur*, le vit qui gravissait en galopant les rocailleuses et désertes pentes de la Pandouille au-dessus desquelles plane en tout temps un vol épais de corbeaux, et non loin du château seigneurial de Rey-Naou.

— Mais qu'est-ce qu'il a donc à s'esquiver ainsi ? se demandaient les gens qui ne l'avaient pas non plus perdu de vue ; est-ce qu'il en a réellement un grain au cerveau, comme on disait dans le temps ; il s'en va là-haut comme un fou !

D'abord, réconforté par les paroles de Janille, Inot ne pensait déjà plus au danger qu'il venait de courir avec elle, mais subissait de nouvelles défaillances et de nouveau se désespérait ; aiguillonné par sa pensée comme un cheval par l'éperon ou le taon, il allait à droite, à gauche, ahuri. Sa dernière espérance était morte, on l'abandonnait, tout le monde l'avait leurré, trahi, personne ne le seconderait, il en était bien sûr à cette heure. A la fin, le langueyeur avait parlé clairemeut ; il s'était démasqué de telle façon qu'on voyait en lui, jusque sous le visage et dans l'esprit. Le traître ! le scorpion ! il avait osé dire, il avait dit : « La nièce ne demande pas mieux que tu la plantes là ! » Non, non, elle n'avait jamais nourri ni tramé de telles noirceurs. Et pourtant.., s'il était vrai que toutes les femmes sont fausses, et s'il était vrai qu'on ne pût se fier à aucune d'elles !... Si le dénonciateur n'avait fait que répéter, après tout, des propos que ses oreilles, toujours aux écoutes, eussent bien et très bien entendus... Alors, oh ! alors...

Guillaume, irrité, se mordait les poings et menaçait le vide.

« O Janille ! Janille... Mais il avait tort de

se monter contre elle et de songer à la cha-
griner. Il avait tort, il le sentait. Il venait de
la voir, de lui parler, et savait, pardi bien! à
quoi s'en tenir sur elle. Elle était sincère, irré-
prochable, elle avait le cœur sur la main et
l'âme sur les lèvres, et c'est pourquoi ni demain
ni jamais, il ne consentirait à s'en séparer ; il
savait, il savait trop bien qu'en ce moment
elle souffrait et peut-être plus que lui-même ;
elle l'aimait. Aussi, quoi qu'il advînt, il ne la
quitterait point. Ah! Non! il ne s'en irait pas
du pays. Qu'on essayât de l'en arracher et de
l'en éloigner, on verrait... Avec *Balento*, sa cognée, qui l'avait si bien servi toujours et partout,
il cognerait quiconque ferait mine de l'abor-
der ; il fendrait celui, ceux, tous ceux qu'on
chargerait de le prendre. Il ne s'en irait pas,
oh non! Avec celle qui lui était due, et qu'il
adorait, il se cacherait dans les bois, au fond
des grottes, et bien fin serait le limier qui les
y dépisterait. Et quand bien même on trouvât
sa trace, il ne se rendrait pas encore. Il était
agile : il s'enfuirait par des chemins inaccessibles à travers les rochers ; il était fort : il po-
serait sur ses reins sa chérie, et la porterait
ainsi jusqu'au bout du monde, sans être fati-
gué du poids... Il était courageux : il tiendrait
tête à une meute d'hommes ou de chiens. Hélas !... tout cela, certes, était bon à dire, mais

24

plus difficile à faire : par force, par ruse ou par
famine, on finirait bien toujours par l'avoir,
par le réduire et le mettre *à quia* ; et, malgré
les larmes de sa mie, on le traînerait à l'armée,
on l'y garderait sept ans et peut-être davantage au bon plaisir du gouvernement. Le Gouvernement ! s'écriait-il avec colère, oubliant ou
plutôt ignorant qu'il subissait la loi commune,
le Gouvernement ! il commandait en maître ;
oui ! Mais de quel droit ? Est-ce que, lui, l'enfant
trouvé le connaissait, le Gouvernement ? Est-ce
qu'il lui devait quelque chose ? Est-ce que le
Gouvernement lui avait servi de père et de
mère ? Est-ce qu'il lui avait donné des habits,
quand il avait froid ? Du pain, quand il avait
faim ? Enfin qu'avait-il fait pour lui, le Gouvernement ? Rien, rien du tout. Alors, que
réclamait-il ? Inot ne l'avait jamais vu, ne lui
avait jamais parlé, ne savait même pas comment il était fait, et voilà que tout de même il
arrivait, le Gouvernement, et disait : « Bouscassiè, tu as vingt ans, tu es soldat, tu m'appartiens ! » Oh ! c'était fort, cela ! C'était terrible. Terrible à faire trembler ! Oui, c'était
affreux. Quelle injustice ! Il ne la supporterait
pas. Il se révolterait !... Se révolter ? A quoi
bon ? On ne le laisserait pas davantage vivre
en paix, dans un coin, avec sa mie. Il faudrait
céder. Céder, c'est-à-dire partir, aller au régi-

ment. Non, cent fois non, on pouvait le
couper en morceaux, il ne partirait pas. Partir,
Il aimait mieux se détruire de ses mains ; il y
était décidé !... Mais après, lorsqu'on l'aurait
couvert de neuf pans de terre, il ne verrait plus
sa maîtresse, plus jamais, jamais plus. Que
devenir donc ? Encore, s'il connaissait quelqu'un
au monde qui fût riche, autant que généreux, et
qui voulût le tirer de peine, il lui donnerait
bien en échange, sans marchander du tout, les
trois quarts du sang qu'il avait dans les veines;...
mais il ne savait à qui s'adresser ; il ne connaissait personne qui fût capable de lui dire :
« Ne te tracasse pas, pauvre malheureux, je
te rendrai service, je te prêterai la somme
qu'il te faut pour t'affranchir, et tu me la ren-
dras un jour ou l'autre, plus tard, dès que
tu pourras. » Il ne savait autour de lui personne
fait de cette pâte, et puis, d'ailleurs, ceci devait
être vrai qu'on lui avait souvent et bien souvent
répété : « Les gens qui sont contents de leur
sort, et que rien ne tourmente, ne font pas
attention à celui qui pâtit et n'exposeraient
pas quittement deux liards pour le soulager. »
Hélas donc ! que faire ? Mourir ? Ah ! c'était
bien triste ! Attendre du secours ? Mais de qui,
de qui, de qui ?... »

— Notre-Dame-des-Bois ! Ah ! quelle idée !
et comment, fichtre ! ne m'est-elle pas venue

plus tôt, s'écria-t-il tout à coup en se frappant le front ? Un être, un seul ici peut, s'il
le veut, me dire de quelle manière tout cela
bientôt tournera : mon voisin. Si celui-là ne
sait pas comment je dois m'y prendre pour ne
pas aller à l'armée, c'est que le bon Dieu lui-
même l'ignore. Oui, sans manquer, j'irai chez
lui, demain, demain matin, au premier chant du
coq...

Le gaillard en question, était l'empirique, le
sorcier du pays. En grand renom dans une
contrée où pourtant abondent les industriels
de cette espèce, on reconnaissait en deçà comme
au delà du Tarn que, pour parler avec les
morts et leur tirer les vers du nez, il n'avait
pas son pareil. Au dire de tout un chacun, il
n'avait qu'un rival en Quercy : le Pittourre,
mire de La Grelon-Vescinalière ; un supérieur :
Dardayrœll, le mage de Saint-Bartholomée
Porte-Glaive, à ce moment très attaqué de
l'estomac et sur le point de rendre l'âme, affirmait-on. Le *Prince des mages* mort, ces deux
finauds auraient à se disputer le trône. On
tenait plutôt pour celui de l'endroit : Adam
Escarrolis, à la fois vétérinaire, rebouteur, dro-
guiste, théurge et confident du Diable ; il
n'était pas de jour qu'on ne le consultât pour
les causes les plus diverses. En dépit de ses
septante-sept ans sonnés, il était constamment

en selle ; on le rencontrait à travers combes et
collines tous les jours, sauf le jeudi. Le jeudi,
Guillaume en était instruit, ce docteur recevait chez lui, en sa maison, assise dans le tuf
au fond d'une douve, non loin de laquelle sort
d'un sol rougeâtre et spongieux, une grosse
motte calcaire appelée la *Roche aux Corneilles*,
que les infiltrations des eaux ont percée à
jour comme un crible et qui confine à des
landes où croupit un marais, *la Nasse aux Vipères* ; site fort bien approprié : l'homme était
un habile compère.

Il était en train, ce matin-là, de raccommo-
der une vache auvergnate qui, la veille, s'était
à moitié dessolée, en labourant, lorsqu'il entendit marcher auprès de lui, tout au bas de la
douve.

— Encore un ! dit-il. Quel est celui-ci ? Je ne
le reconnais pas à la démarche. Il a l'air d'être
bien pressé. S'il n'a pas le sou, tant pis pour
lui ! Mais s'il a ce que je souhaite en poche, on
pourra rire un peu. Franchement, ses pieds ne
touchent pas à terre. Il vole. Le voici. Quel
est-il ?

Inot parut.

— Très expert, dit-il, avec on ne sait quoi de
respectueux dans l'œil et dans l'accent, tes lu-
mières sont sans pareilles ; il faut que tu m'é-
claires, et de suite.

Escarrolis se passa lentement la main dans ses grands cheveux blancs, qui retombaient rudes comme une crinière de bête sur le col de son long camisard en toile écrue, et le camisard entr'ouvert sur le devant du corps laissa voir une poitrine couleur de brique, rugueuse et fanée assurément, mais solide encore, et dont les poumons jouaient réguliers et puissants, ainsi que des soufflets de forge. Ombrageux et sournois de la base à la cime ; œil, bec et serres d'accipitre : il était long comme un échalas, aussi maigre qu'un clou, tanné de peau, le mage !

— Eh bien, bouscassiè, je ne demande pas mieux ; explique-toi, répondit-il en pesant toutes ses paroles.

— Savant, tel est le cas : il importe que je sache ce qui m'attend cette présente année et les autres à venir.

— Oui, sans doute, *pitchou* (petit), je te comprends très bien, mais voici la vache de Sargalac que je dois ramener à son maître, et tu vois, elle est dans un piètre état et ne peut aller ventre à terre. Ensuite, je suis forcé de passer à Montuluberet, chez la Draguiniante, qui se plaint de ce que les morts la tracassent la nuit ; enfin, il faut que je me rende sans faute au Mas, chez le second de Bernad-Pescayre, à qui j'ai hier arrangé sa jambe cassée à trois endroits. Ainsi, ma journée est bien prise, et je ne peux guère t'écouter. On doit servir avant tout, tu le comprends, est-ce pas? mon bel ami, ceux qui vous payent et sur le bout de l'ongle...

— Hé! mais, observa le visiteur presque suppliant et fort désappointé, je te payerais aussi, moi, comme de juste.

Il n'était évidemment pas sourd, oh! non! l'individu!

— Serais-tu, par hasard, devenu riche, toi, pierrot? demanda-t-il de sa bouche câline; et, depuis quand, cela?

— Riche, nenni. Mais j'ai là quelques pistoles que je te donnerais de bien bon cœur, si tu me révélais...

— Eh! tu n'as pas besoin de jacasser davantage ni de mettre les maisons sur les épis. On te comprend, cadet; on lit à fond dans ton cerveau. Ce que tu veux savoir, nigaud, moi je le sais. Oui, c'est bien malheureux pour toi que cet estimable Rouma se soit noyé. Sage patron que le passeur de Sainte-Livrade! On n'en fait plus de chrétiens tels que lui. Las! s'il existait encore!... Outre, s'il n'était pas dans l'eau. Mais inutile d'insister davantage, il ne peut aujourd'hui rien pour toi, le pauvre misérable. Il est mort; tu dois en prendre ton parti, bouscassiè. La Roumanenque, je le sais bien,

n'est pas commode à museler, elle. Et Fonsagrives !... oh ! je le connais aussi de la caboche
aux orteils, le langoyeur. Il n'aime que son
cadavre, à lui, le fripon ! aussi, je te le certifie :
de ce côté-là, rien, rien à faire. Ah ça ! mais tu
l'aimes donc bien, la jeunette, *à ce qu'on tam-
bourine partout*... Hier, à la Foire des Chiens,
ce n'était qu'un cri ; tout le monde, à La Française, parlait de tes amours ; on publiait que
tu l'aimais, ta prétendue, au point d'en avoir
perdu le boire et le manger... Est-ce vrai,
cela, dis ?...

Avant qu'Inot eût répondu, le mage qui s'é-
tait mordu la langue reprit bien vite, en corri-
geant sa maladresse :

— Holà ! Ne dis pas non, ensorcelé, la Janille est tout pour toi, tu ne respires que pour
elle, je le sais ; les âmes, les âmes m'en ont
informé.

— Les âmes !...

— Oui : celles qui sont à jamais en Paradis
aussi bien que les autres qui pâtissent pour
l'heure en Purgatoire ou brûlent et brûleront
éternellement dans l'Enfer.

— Escarrolis, sorcier renommé de mon pays,
que m'annonces-tu là !... Les âmes t'ont appris
que je ne pouvais pas vivre sans elle, et que
je préférais cent fois mieux mourir que de la
quitter ?

— Oui bien, elles m'ont renseigné sur tout cela ; puis, tiens ! pas plus tard que l'autre semaine, je vis dans la nuit noire, l'âme blanche de Rouma...

Les yeux de Guillaume attendri se remplirent aussitôt de larmes.

— Ah ! tu l'as vu, lui, *pécaïre !* Que je voudrais le voir aussi, moi.

— Le voir !... Oh ! oh ! tu n'en aurais donc pas peur, pitchou ?

— Peur ! moi, j'aurais peur de mon si tendre père de la rivière ! Ah çà ! mais que dis-tu ? Tu plaisantes sans doute, sorcier ; oh ! que non, je n'aurais pas peur de lui qui m'aimait tant.

Escarrollis se gratta l'oreille, et s'étant signé précipitamment :

— On a cependant raison, ajouta-t-il à voix basse, de redouter un brin ceux qui reviennent... il sied de les craindre et de les soulager par des prières ; autrement... ils vous font du mal, les morts !

Inot, murmura :

— Celui qui fut le passeur ne me fera jamais aucun mal.

Le mire, interloqué, trouva prudent de changer de conversation.

— A te parler franchement, mon cher, reprit-il en levant les yeux au ciel, je te plains

de tout mon cœur. Elle est, pardi ! bien luisante, ta jouvencelle, et nul mieux que moi ne
comprend que tu ne veuilles pas l'abandonner
seule au pays, et t'en aller agoniser, toi, qui
sait où ?

— L'abandonner ! Je te répète que j'aimerais
mieux mourir.

— Sans doute ; aussi, mon ami, je ne sou-
tiens pas que non.

— Alors, si tu peux, révèle-moi vite, céans,
on te le demande à genoux et même à mains
jointes... tiens, regarde ! je te supplie agenouillé...
révèle-moi tout de suite, là, sans mentir, s'il
faudra que nous nous séparions cette année,
elle et moi.

Le matois sourit.

— Têtu, va, je t'ai déjà dit que je n'avais
pas une minute à perdre avec toi. La vache de
Sargalac est là qui peine, on me réclame à Montuluberet, on m'attend chez la Draguiniante, et
l'on me mande enfin chez la borgnesse de
Tapy...

— Mage, bon mage ?

— Impossible !

— On te récompensera bien de ton travail
et de tes discours, donc, coûte que coûte, aie
pitié de ma peine...

Escarrolis eut l'air de céder à quelque mouvement du cœur.

— Allons, reprit-il, avance dans la maison
tout de même, l'ami. J'épouse ton tintouin, car,
moi, j'ai l'âme sensible et je suis bon comme
le pain.

Ils entrèrent dans une pièce assez obscure et
si basse qu'on en touchait presque le plafond
avec la tête. Au reste, rien d'insolite à l'intérieur. Une table de chêne, des bancs de même
bois autour de la table. Haut sur pieds, un lit
à rideaux ramagés, selon la vieille mode. Aux
murs, et collées contre, quelques estampes
d'Épinal : le *Juif-Errant, Geneviève de Bra-
bant,* le *Jugement dernier ;* S. M. Louis XVIII,
roi de France et de Navarre ; Bonaparte, premier consul ; Napoléon en costume d'empereur
romain, et debout sur la Colonne ; Louis-Phi-
lippe Ier, roi des Français ; La Fayette en cheveux blancs ; Mandrin et Cartouche étendus sur
la roue ; M. Malborough, porté en terre par
quatre z-officiers ; le Béarnais, armé de toutes
pièces et sur son cheval de bataille ; Henri V,
enfant ; Louis XVI portant sa tête à la main,
ainsi que saint Denis, et montant au ciel avec
Marie-Antoinette, décollée aussi ; les maréchaux
Bernadotte et Soult, en grand uniforme brodé
sur toutes les coutures, séparés par une *Sainte
Philomène gardant ses moutons :* enfin deux
larges enluminures : le *Jardinier de Sainte-
Hélène* et le *Retour des cendres à Paris.* En-

tassés aux coins des parois, quelques coffres
et plusieurs livres in-folio sur une planche,
au-dessus de la huche à demi-pleine de farine.
Une oule de terre sur le feu presque éteint et
de grands chenets de fer débordant de l'âtre
et luisant dans l'ombre. Appendues à la muraille, au-dessus du chambranle de la cheminée,
plusieurs armes : un mousquet à rouet, une
carabine, un arc, un fusil à pierre, une clay-
more venue on ne sait d'où, quelques vieux
bancals ébréchés et rouillés, puis un briquet
dans son fourreau. Bref, en somme, rien qui
fût diabolique là, rien, si ce n'est quelques
engins : instruments de chirurgie et fioles d'a-
pothicaire, avec quantité de ferrailles de divers
calibres et de lourds chevalets de sapin, au-
dessus desquels erraient des sabots de cheval encore ferrés et, récemment arrachées des
fronts qui les avaient portées, plusieurs cornes
de bœuf. Enfin, un trépied ! et là-dessus, deux
bêtes : un matou noir comme un charbon, avec
des yeux flamboyants, accroupi sous un crâne
humain ; et jacassant sur ce test, une pie. Ils
se tenaient absolument immobiles tous les
deux, l'oiseau comme le chat, et leur immobilité de pierre était telle que Guillaume les regardait, intimidé.

— Courage ! assieds-toi sur cet escabeau,
bouscassiè, dit le patron de la caverne, heureux

du trouble de son client ; un peu de patience,
chéri ! je reviens.

En effet, il ne fit que sortir et rentrer ; entre
ses doigts crochus une jolie petite cane grise,
cravatée de vert et coiffée de blanc, cancanait,
tout épeurée.

Inot ouvrit de grands yeux.

— Eh ! que veux-tu faire de la bestiole, mage ?
demanda-t-il, étonné.

— Silence ! huguenot ; tais-toi, païen ; ne
m'interroge pas, excommunié. Mon intention
ne te regarde pas encore. Je te la dévoilerai
tout à l'heure. Mais avant tout, il y a lieu de
s'arranger, car, d'après moi, les bons comptes
seuls font les bons amis !

Sur ce, Adam Escarrolis déposa la cane sur un
bahut et, s'étant mouché, tendit les deux mains.

— Eh ! quoi donc ?

— Appointe.

— Hein ! appointer ?

— On paie les frais d'avance ici ; c'est la
coutume, et je la respecte, ma foi. Baille d'a-
bord une pistole et demie.

Guillaume tira d'une des poches de sa culotte
une petite bourse de cuir à coulisses, qui con-
tenait toutes ses épargnes, y prit une pièce
d'or de dix livres et paya.

— *Deo Gratias !* dit l'autre, satisfait ; on te
bénit trois fois.

Et, traçant avec du blanc d'Espagne un cercle
au beau milieu de la chambre, il y plaça sa
dupe ; ensuite, il s'arma d'un long roseau vert
ainsi que d'un grand missel à fermoirs de métal ciselés.

— Ohé, pitchou !

— Plaît-il ?

— Attention ! ouvre l'oreille, voile la prunelle
et tiens-toi tout à fait tranquille, bouscassiè de
la Cresto des Casses. Il est nécessaire que tu ne
voies point l'évangile où je vais lire. Autrement,
l'âme que j'appellerais ne viendrait pas. Et si
tout de même elle se présentait et que tu la
visses, oh ! cela pour toi, je te le dis, irait très
mal. Il serait capable, Diou me damne ! de te
flamber les yeux, l'Esprit. Abaisse encore les
paupières... ainsi. Bien, très bien. Reste comme
ça. Ne respire pas trop fort. Ne branle ni doigt
ni poil. Y es-tu ?

— J'y suis.

— As-tu l'œil bien clos ?

— On n'y voit goutte.

— Tu le jures.

— Je le jure.

— Alors, je débute.

— Oui, commence, et de suite apprends-moi
si pour rester avec...

— Innocent, tais-toi donc ! ô misérable, ne
dégrafe pas les dents ou le tonnerre se met

à chanter et te coupe en morceaux. Avance un peu tes lèvres et baise ce livre saint. Très bien. Agenouille-toi. Parfait. Écoute adoncques une prière sempiternelle et baise-moi la panse.

Inot obéit.

— Tiens tes bras en croix ! reprit, après avoir marmotté d'étranges litanies, l'enchanteur d'une voix sourde et prolongée, à laquelle il s'efforçait de donner un accent lugubre, et répète mot pour mot tous mes verbes et fredons. Entends-tu ? pitoyable pécheur, qui m'implores, entends-tu ?

— J'entends.

— Une, deux... es-tu prêt, bien prêt à partir, enfant ?

— Tout prêt.

— ... Et trois !... ô Guillaume...

— *Et trois ! ô Guillaume...*

— Mon saint patron...

« ... *Mon saint patron...* »

— Assistez-moi...

« ... *Assistez-moi...* »

— Je vous en conjure...

« ... *Je vous en conjure.* »

— Et vous...

« *Et vous...* »

— Sainte Trinité...

« *Sainte Trinité...* »

— Pardonnez-moi...

« *Pardonnez-moi*...

— Mes péchés...

« *Mes péchés...* »

— Ainsi...

« *Ainsi...*

— Soit-il...

« *Soit-il..*

— Assez !

« *Ass...* »

— Chut !... A moi, maintenant de parler seul, écoute l'antienne et frémis de la base à la cime, effronté.

Guillaume qui s'était tu, n'aurait pas remué pour un empire, et d'un organe lent et fort, Escarrolis imposant comme un mitrophore, pria tel quel :

« Ame, qui que tu sois, arrive sur ce papier, et désigne-moi la ligne que tu voudras. Honnête âme, par le Père et par le Fils, et par le Pigeon Blanc, autrement dit le Saint-Esprit, ainsi soit-il, je te prie et même te commande d'avancer à l'ordre... Arrive, arrive, arrive ! Eh ! Qu'est-ce que c'est que ça, l'âme ? Approche donc !... Ici, méchante citoyenne, avance, on dirait que tu ne veux pas venir ; *pa, da, bic ; pa, da, boc ; pa, bic ; pa, bac ; pa te te bic ; te bac, tri, trou, rac*..... Ah ! tu te décides enfin, mauvaise âme... » Eh ! là-bas, toi, sacrilège, ne bouge pas au moins.

Inot n'osait respirer. Il éprouvait à la fois
la crainte et le désir de voir des choses terribles et monstrueuses lui apparaître. Attentif, il entendit tout à coup gronder les entrailles du magicien et celui-ci, brandissant
son sceptre de roseau vert et prononçant
d'autres paroles cabalistiques, évoqua de nouveau les morts.

« Excellente âme! montre-moi le feuillet
que je dois lire; hâte-toi. — *pa da bic, to,
to, to, to, toum!* — Est-ce cette page? non;
Ame, tu dis non. Est-ce celle-ci? pas du tout.
Cette autre? non plus. Ah! je vois... ô mon
Dieu! C'est celle-là. Merci!... Comme elle est
noire et couverte de sang de chrétiens et de
moelle de bêtes. Très bien! Ame, très bien...,
parfait! » Ouvre davantage l'oreille, si c'est
possible, bouscassiè.

Toujours docile, Guillaume essaya d'obéir
encore, et le nécromancien lut à haute voix :

« Que le galant ne pleure point, ça lui ferait
« beaucoup de mal. Qu'il ne rie mie non
« plus; il n'y a pas de quoi rire. Il sera peut-
« être heureux et peut-être malheureux; il y
« a du pour et du contre; je n'en puis dire
« davantage, saint Pierre et saint Paul et
« sainte Matantette me le défendent : consulte
« la cane, officiant. »

Après une pause, ce singulier prêtre s'écria :

26

... Maintenant, tu peux regarder à ton gré, pitchou ; l'âme est remontée en Paradis, et tu ne cours ici, pour le moment, aucune espèce de risque.

Inot rouvrit les yeux et ne sut point remarquer, l'ignorant ! que le mage, échevelé, tenait le missel à l'envers.

— Eh bien ! as-tu entendu ce qu'a déclaré l'habitante du ciel ? Il faut consulter l'oiselle, que voilà.

— L'oiselle ? demanda Guillaume, ahuri ; l'oiselle !

— Oui, tu vas voir.

Et saisissant de la main gauche la cane, qui se remit à crier lamentablement, l'astucieux étendit l'autre vers le vieux briquet d'infanterie accroché par sa dragonne à la muraille entre deux fémurs.

— Eh ! que prétends-tu faire, sorcier ?

— Rien que ceci : décapiter cette malheureuse.

— Oh ! que nenni ? la décapiter ! Et pour quel motif ?

— Afin de complaire à l'Esprit.

— Halte-là ! Non pas ça... La pauvre aimable bestiole !

— Il faut qu'elle nous apprenne ton sort, il le faut, bouscassiè. Sois tranquille : elle ne souffrira pas beaucoup. Une fois tronquée, elle

galopera sans tête et tout en saignant autour
de la chambre, et, quand elle ne branlera plus,
nous autres, nous compterons les gouttes de
sang qui seront tombées de son cou par
terre...

— Oh, non, non, je ne veux pas que tu
tues cette innocente.

— Alors, bernique ! tu ne sauras rien de ce
que tu désires savoir.

— Et pourquoi ?

— Parce que c'est elle, elle seule qui nous
apprendrait la chose que nous ignorons encore.

Inot tremblait.

— Explique-toi, mage, dit-il fort ému, je ne
te comprends pas.

— Cervelle de bourriquet et tête de porc,
écoute donc... Selon qu'elles seraient arrangées
sur le carreau, les gouttes de sang diraient
blanc ou noir, ou jaune ou vert, ou rouge ou
bleu. Tu m'as l'air de tomber du ciel, toi,
voyons, écoute et conçois donc un peu. Si
les gouttes de sang sont en ligne droite sur
le plancher, bon signe ; en demi-rond, mauvais
signe ; en rond, tout à fait mauvais signe ; en
carré, misérable, tu n'aurais plus qu'à te
pendre alors. Allons, décide-toi ; parle vite, animal, la raccourcissons-nous, cette braillarde ?
Une, deux, et son bec va voler au-dessus de nous,
et tu la verras sauter à travers nos jambes,

couler rouge comme un robinet de barrique,
et courir, guillotinée.

L'excellent cœur hésitait à se prononcer.
On eût dit qu'il craignait de s'y résoudre, et
même il était devenu tout pâle et frissonnait
en regardant la cane qui, fort triste et peut-être
aussi très intelligente, le regardait avec douceur. Enfin, il remua ses lèvres, mais aucun
son n'en sortit.

— Oui ou non? Si tu diffères, il ne sera
plus temps, bouscassiè !

Guillaume songea qu'il sacrifierait tout au
monde et donnerait au moins la moitié de
sa vie pour savoir s'il ne serait pas forcé
d'abandonner Janille et dit presque oui. Le
mage, aussi solennel qu'un pape, tira la lame
du fourreau...

— Non, non! Il ne me plaît pas que tu pratiques ainsi. Jette ce sabre immédiatement ;
trouve un autre moyen de me dire la bonne
aventure, je ne veux pas de celui-là, tout
court : lâche l'oiseau.

— Soit, à ton aise ; mais alors tu aurais
mieux fait de ne pas venir ici. Qu'est-ce que
tu y auras appris, et quel profit en rapporteras-
tu, je te le demande ?

— Il n'y a donc pas d'autre manière, de
m'instruire ; ô mire, ne connais-tu donc point
d'autre magie ?

A son tour le vieil aigrefin, pris au dépourvu, devint pensif.

— Un autre, si fait, dit-il après réflexion, en dardant ses yeux avides sur sa victime ; oh ! ma foi, si, je connais bien une autre méthode ; seulement, bouscassiè, la pistole que tu m'as donnée en arrivant ici n'en payerait pas l'emploi.

Guillaume se fouilla rapidement et montra derechef toute la fortune qu'il avait gagnée à Moissac en plongeant dans la rivière.

— Et combien donc te faudrait-il, cette fois-ci, Seigneur maître de la Nasse-aux-Vipères ?

— Une pistole encore... c'est-à-dire... deux... Attends !... Trois, au moins, il y a beaucoup, beaucoup de frais.

— Oh ! bigre ! c'est bien cher !... Encore trois ! Je vais rester sans un sou, ne put s'empêcher de dire le naïf.

— A prendre ou bien à laisser... choisis, ajouta doucement le bon sire, qui craignait un refus.

Chimériques alarmes : Guillaume eût donné sa veste et ses culottes et tout ce qu'il y avait dedans pour savoir enfin son destin et celui de Janille.

— Allons ! tiens ; artisan de sortiléges et de maléfices, voilà, dit-il.

Le pipeur eut peine à réprimer sa joie et,

cynique, il promena sur ses lèvres une langue
d'un pan.

— Un peu de patience, pitchou, mon cher
pitchou, susurra-t-il avec force aimables grimaces et tout plein de tendresses ; il est
indispensable pour l'expérience, que je dise un
Pater et que j'attise le feu. *Pater... noster, qui
es in cœlis...*

— Dépêche-toi !

S'étant immédiatement agenouillé devant le
foyer fumeux, Escarrolis rapprocha les tisons
qui s'y calcinaient et, joues gonflées, soufflant
dessus, il obtint bientôt un peu de braise
ardente qu'avec de petites pinces il retira
dextrement des cendres.

— *... Et ne nos inducas in tentationem !*
Approche, imbécillas, viens ici, près de moi,
retiens ton haleine et tends la patte, l'une ou
l'autre, la droite ou la gauche, ça ne fait rien
à l'affaire.

— Eh, mais, tu plaisantes ! que penses-tu ?
tu veux me rôtir, à présent, dit le trop simple
d'esprit en allongeant tout de même ses deux
bras.

Sagace, le mage examina très minutieuse-
ment les doigts, le dos, le creux des mains
de celui qu'il bernait avec tant d'impudence et
sourit.

— Terrien, si tu te roussis, prononça-t-il,

mauvais signe ; si le charbon ne fait que te piquer un peu le cuir, ça n'ira pas trop mal ; mais si tu ne sens rien de rien, alors, alors tu pourras être content : tes souhaits s'accompliront... peut-être.

Ayant dit, il posa quelques escarbilles sur le plus épais des durillons qui bossuaient les paumes calleuses du bûcheron et, rance, une odeur de brûlé ne tarda pas à se répandre dans la chambre, mais le patient ne broncha point.

— Eh bien, garçon ?

— Je ne sens rien encore, répondit-il, tout joyeux.

— « Attends, ça va venir.,. » *Ave, Maria, gratiâ plena, Dominus...*

Un léger grésillement se fit entendre : on eût dit d'une feuille sèche se tordant dans des braises.

— Escarrolis ! Ohé !

— Je suis là, monsieur.

— Aïe ! Aïou !

— Ça pique ? Ça chauffe ?... *Ora pro nolis peccatoribus...*

— Un petit peu.

— Bast ! tiens bon... *Nunc et in hora mortis nostræ...*

— Aïe, aïe, aïou... Ça me pèle et me consume : mauvais signe, hélas !... je serai obligé

de quitter ma pauvrette ; oh ! quel malheur...
Aïou !

— *In nomine Patris et Filii...* Encore un
moment de souffrance, Inoutet, et nous verrons
si le feu te brûlera toujours... *et Spiritûs
Sancti.*

— Janille, oh ! ma Janillette, il est certain
que je serai bientôt loin de toi, à l'armée...
à l'armée. Aïe ! A l'armée !... Aïe ! il faudra
nous... Aïe !... séparer.

— ... *Amen !...* » Séparer ! Peuh ! Ce n'est
pas sûr que vous devrez en venir là, tous
deux ; regarde, dit l'opérateur avec emphase, le
charbon est éteint et ne t'a pas rongé beaucoup ; presque rien ! la chair nullement enta-
mée ; à peine si le cuir gonfle et s'il y a de
l'eau dans la cloque.

— Oh ! ça m'est égal ! Le cuir pourrait bien
être emporté, la chair et les os grillés dit tristement Guillaume ; ce n'est pas ça qui me tourmente...

— Eh !... Eh !... c'est le signe qui te tracasse,
certes, je le sais bien. Il y a du pour et du
contre... C'est vrai, très vrai... Rien de décisif !... Ah !... Si tu n'étais pas si gêné, j'essaie-
rais bien encore de faire autrement parler le
sort... Aperçois-tu là-bas ce talisman,... cette
fiole ?

— Oui, certes.

— Elle contient, avance-toi... ces choses, on ne doit pas trop les crier sur les toits, car on en serait puni pour quelques jours, elle contient des larmes de la Marie.

— Ah !...

— Des pleurs de la sainte Vierge, oui, pitchou, de la Très-Sainte Vierge, et recueillis au Calvaire !...

— Et qui te l'a dit ?

A cette demande inattendue, le consultant s'interrompit et se caressa la nuque, encore une fois tout attrapé.

— Qui me l'a dit !... qui me l'a dit ? répondit-il, hé ! je le sais.

— Et qu'aurais-tu voulu faire avec ça ; toi, vieux ?

— Ah, cadet, cadet, si tu n'étais pas si pauvre !...

— On n'a plus un seul liard, dit le superstitieux vraiment désolé.

— Comment ?

— Hélas ! ruiné.

— Ruiné ?

— Pas le moindre denier et les toiles de mon gilet se touchent. Sans ça ! Je te donnerais bien encore tout ce que tu voudrais, va, pour savoir enfin si l'on me permettra de demeurer dans les brandes avec Elle.

Apparemment le charlatan était très misé-

27

ricordieux, au fond. Il toisa de pied en cap
celui qu'il avait rançonné sans aucun scrupule,
et puis, comme vaincu par un irrésistible
accès de générosité, il lui dit sans plus chi-
caner et fort gracieux :

— On doit s'obliger entre amis, menu.
Donc, comme je suis bon garçon et que tu l'es
autant que moi, ça ne te coûtera rien, ce
coup-ci !

Cette dernière épreuve fut très brève ; le
rusé compère versa trois gouttes d'on ne sait
quel liquide noirâtre sur un nouveau charbon
enflammé placé de même que l'autre sur le
cal le plus dur de la main qu'on lui tendait
avec empressement et tout aussitôt la vapori-
sation eut lieu.

Très anxieux, l'enfant attendait la sentence
et regardait fixement la physionomie en ce moment sérieuse du vieillard.

— Que veux-tu que je te chante, bouscassiè,
la fumée est allée à droite, à gauche, en zigzag,
queue en bas, queue en haut ; *cubic-cubac !* 69 !
il y a toujours, mon fils, du pour et du contre.
Un autre jour, tu reviendras me voir, et cela
réussira peut-être mieux. Nous avons encore
beaucoup de systèmes à mettre en pratique ;
et plus tard, si tu as de l'argent, nous consulterons le crachat de saint André, l'urine de
saint Magloire et la crotte miraculeuse de

sainte Zoé Prédicante. Écoute-moi, tâche de
revenir ici la semaine des Trois Jeudis, c'est une
fière semaine pour les Esprits. Ils proclament
tout ce qu'on veut à cette époque. Et puis, en
ce temps-là, je mets toujours une pipe en perce et,
pardi! tu pourrais voir Notre-Seigneur Jésus de
Nazareth par le trou de bonde de la barrique...
Allons, il est temps que tu démarres. Au revoir,
bonne santé, mon digne ami, je vais à ma
besogne...

Et, là-dessus, le sycophante, ayant gémi d'une
façon toute particulière et murmuré tout doucement : « *Aïci, Margot! eh! bèni, Goulut!* »
une bruyante palpitation d'ailes ainsi que des
miaulements inouïs se manifestèrent à l'instant
même.

— Eh là! qu'es aco ?...

Les deux bêtes que Guillaume, en entrant
dans la chambre, avait remarquées sur les chevalets de sapin à l'entour du crâne apposé
parmi les sabots de cheval et les cornes de
bœuf, s'étaient, à l'appel de leur éducateur,
réveillées de leur immobilité léthargique, et
toutes les deux, à présent, se démenaient
et grondaient à l'envi : le chat, faisant :
« miaou! miaou! » monté sur la cruche de
l'évier et montrant, tout hérissé, ses yeux
jaunes et clairs dans un abîme de poils aussi
noirs que la nuit; la pie étendant ses ailes fris-

sonnantes, juchée au sommet de la tête che-
velue du magicien, et, miracle, elle parlait, cette
agace !

« *Amen ! Amen ! Amen ! Alleluia !* » répétait-
elle sans cesse.

L'infortuné recula jusque sur le seuil de la
maison et sortit très marri.

— Salut, sorcier, salut !

— Au revoir, bouscassiè ! lui cria de loin
Adam Escarrolis, debout sur le pas de sa porte
et montrant le soleil qui cependant rayonnait
splendide et braisillant dans l'azur immaculé du
ciel ; attention à l'eau, ne te mouille pas surtout, tu t'enrhumerais !...

Inot revint sous bois, assez peu satisfait de
l'horoscope et fort morose. Oiseaux de deuil,
des étourneaux et des geais lui apparurent à
tous les coins de la route, et des merles mo-
queurs sifflaient autour de lui, pendant qu'il
pensait à son sort :

« O misère ! ô malheur !... après une nuit
blanche, si longue, si longue, il aurait bien
mieux fait de ne pas se lever à la pointe de l'aube
et de ne point se rendre à le Nasse-aux-Vipères. Hier encore, une ressource lui restait :
consulter le destin et suivre les conseils du
mage, qui peut-être seraient bons ; aujourd'hui
l'Esprit avait parlé, mais parlé peu clairement.
A quelle branche, à quelle paille s'accrocher,

et que devenir et que décider à présent ? Attendre encore, attendre toujours, attendre quoi ?
Mais il arrivait, il était arrivé le moment de
se rendre à la *Grande Ville* de Montauban,
afin d'y passer le conseil de révision, *confor-
mément à la loi*. « cher garçon, lui avait
dit le médecin, tu es fait au moule, et tu seras,
mon petit, j'en ai bien peur, sinon le plus beau
grenadier, au moins le plus joli voltigeur de ton
régiment. » « Il faut, mon fils, se courber sous
les volontés impénétrables de Dieu, penser aux
Apôtres et fréquenter Eglises et Curés. » C'est
tout ce qu'il avait pu tirer avec beaucoup de
peine de son bonasse parrain le titulaire de
Saint-Guillaume le Tambourineur. « Vingt-cinq
cents francs, avait à son tour déclaré le langueyeur, ne se trouvent pas sous le pied d'un
cheval, aussi tu peux rallier ton bataillon ; il
ne te reste rien de mieux à faire. » « Il y a du
pour et du *contre* » avait enfin prononcé le
mage ; il y a du pour et du contre, ce qui voulait dire à coup sûr : tes peines ne sont pas
finies, et tu en auras encore bien d'autres,
pauvre malheureux !... O Janille ! Janille ! Elle
allait venir au bois, il la verrait, lui, Guillaume, avant le coucher du soleil, il pleurerait
avec elle, il l'embrasserait encore une fois : il
l'embrasserait comme du pain, et puis... elle
s'en irait, reviendrait à Sainte-Livrade. Et se

reverraient-ils jamais, eux deux ? O malheur !
ô misère ! »

Hélas ! ce fut avec ces diverses idées se re-
produisant sans cesse sous mille et mille figures qu'il dévala découragé tout plein jusqu'à la Crête-des-Chênes. Sombre et chancelant, il entra dans sa cabane, en ressortit presque aussitôt, la cognée à l'épaule, et se dirigea
vers une garenne qu'il eut bientôt atteinte et
dont il se mit à désobstruer les terriers si fort
endommagés par un récent éboulement que les
lapins n'y pouvaient plus pénétrer, « les doux
petits ! » Autant par charité que pour tromper
le temps, il travailla sans répit avec acharnement jusqu'à la tombée du jour. Et puis, se
disant que sa belle devait être en route pour
le rejoindre, et que sans doute il allait bientôt
la voir poindre entre les bordures de quelque
venelle, il gagna d'un coup de pied la lisière
de la forêt, et là, considéra fort attentivement
les traverses rayant les innombrables mamelons dont est toute bossuée la campagne du
Bas-Quercy.

— C'est encore trop tôt, se dit-il, les poules
ne songent pas à se coucher et ma mie n'arrivera que sur le tard.

Deux sentiers menaient de la plaine sous
bois : l'un coupait une moraine et s'élançait
en droite ligne vers les hauteurs ; l'autre con-

tournait les rampes comme un escalier en spirale, et s'il était moins roide, il était aussi plus
long que le premier : « A coup sûr, elle pren-
dra le plus court des deux. » Et, après avoir
examiné ces chemins montants et s'être bien
assuré qu'ils étaient déserts l'un et l'autre,
le bouscassiè s'assit sous un cormier, au tronc
foré duquel bourdonnait et chantait une ruche
d'abeilles en travail. Du sommet du plateau
forestier, il plongeait sur la vallée ambiante
où paissaient mille troupeaux et ses yeux
pouvaient s'étendre non seulement jusqu'au
castel de Sainte-Livrade dont, entre deux vallons, on voyait au loin, dans le bleu, les fines
et charmantes tourelles assises sur un des bords
escarpés du Tarn.

— Eau, ciel et terre ! murmura-t-il, ô mon
pays !...

Il avait·fait, durant toute la journée, une
chaleur des plus accablantes. Vertical et blanc
comme au temps de la canicule, le soleil avait
tellement chauffé la terre, qu'elle s'était fendillée
et par places entr'ouverte sous le feu des
rayons. Au soir, la température avait un peu
fraîchi. Tout au loin, un point noir, qui, depuis
plusieurs heures, s'était formé à l'horizon,
grossissait et menaçait. Quelques gouttes d'eau
qui tombèrent, roulant de ci de là comme des
boules, furent si vite absorbées par le sol,

qu'elles n'y laissèrent nulle trace. Un instant
après, tout le ciel se rembrunit en un clin d'œil et
se brouilla. De grandes nues couleur de rouille
se firent fuligineuses, et, vibrant, le soleil y apparut comme un orbe de fer incandescent, au
milieu des fumées d'une forge. Il semblait vi-
ronner sur lui-même ainsi qu'une roue de char.
Les arbres et les hautes herbes frissonnaient
sous une bise qui soufflait par intermittences
et venait du nord. Plus larges et plus lourdes,
les gouttes de pluie claquaient en s'aplatissant
sur la terre embrasée qu'elles semaient d'écla-
boussures.

Soudain le vigilant guetteur eut froid, et
remit sa veste de bure, qu'au fort de la chaleur,
il avait jetée avec sa hache au pied d'un
églantier.

— Oh! pardi! se dit-il naïvement, en me
recommandant de ne pas me mouiller, il savait bien, le devineur, qu'il pleuvrait tantôt!
Il pleut, et beaucoup; il va même pleuvoir
davantage.

En effet, il plût bientôt à torrents. La bise
devint rafale, la rafale, orage; les tiges et les
feuilles cliquetèrent sous l'averse; le tonnerre
gronda dans la nue. A peine si, parfois, l'on
apercevait, amalgamées dans l'ombre, à l'horizon, les lignes superposées des collines, où,
naguère, violentes de et difformes silhouettes

s'enlevaient en noir sur le fond enflammé du firmament. Des rumeurs de tempête sortirent des cavernes des bois : la campagne apparaissait tout à coup distincte entre deux éclairs et s'évanouissait aussitôt comme une vision fantastique. Il était impossible que la mignonnette se risquât en forêt par un temps pareil. Hélas! son amoureux ne l'espérait plus, et, fort affligé, se désolait.

— Tout m'en veut, s'écriait-il au milieu des éclairs et sous la pluie battante ; oui, tout, et même le Lustre de là-haut! Ah! moi, je n'ai pas de chance...

Heureusement, l'atmosphère se rasséréna comme par miracle. Un arc-en-ciel décrivit sa courbe immense dans la nue, et, l'orage apaisé, des fils de la Vierge montèrent épars dans l'air et l'astre reparut soudainement avec toutes ses magies. A la cime des coteaux, comme au fond des ravins, il y eut des reflets d'incendie, un rossignol, sous les branchages, salua l'éblouissement du couchant comme il eût salué l'aurore, et presqu'au même instant, le gars, qui fouillait de l'œil les sinuosités du val, vit ou crut voir un point blanc bouger à travers la moraine.

« Si c'était elle! O mon Dieu, mon Dieu! Si c'était elle! »

Une fille!... il ne se trompait pas, c'était bien

une jeunesse qu'il apercevait... Oh ! ce ne pouvait
être qu'Elle ; ce devrait être Elle... C'était Elle !
Et, fou d'espérance, il s'élança dans le chemin
creux, et poussa bientôt un cri de joie : il avait
reconnu son idole, la riveraine du Tarn, qui
grimpait le sentier, agile et souple comme une
chèvre. Aussi jaunes que le soufre, une dizaine
de papillons voltigeaient gracieux autour de
son front abrité par un toquet de paille et,
tantôt, ils se posaient sur ses yeux bleu de ciel
et tantôt sur ses lèvres saines et vives comme
des fleurs nouvelles.

— O toi, ma vie !...

Elle était tout en blanc et pieds nus, ainsi
que les femmes qui travaillent aux champs, et
n'avait point, ce jour-là, ses pendeloques d'or.
Tombant à peine au-dessous du mollet, ses
jupes de toile laissaient à découvert ses jambes
fines et nerveuses que le soleil avait roussies,
et qui portaient à la cheville des bracelets de
terre ; ses orteils, polis par la pluie, souriaient
du bout de l'ongle. Elle avait marché vite, elle
suait un peu : sa camisole s'était moulée sur ses
seins, dont on voyait darder les pointes, et qui,
délicats sans être mièvres, robustes sans être
balourds, transparaissaient roses et fermes
comme des boules de grès. Un bouquet de
verveine et de romarin était piqué à sa ceinture, et sous la peau couleur d'orange de sa

gorge ouvrée et si bien ciselée, et si bien ajus-
tée, ô merveille ! par l'innocente nature, se ra-
mifiaient mille petites veines bleues que le travail avait légèrement gonflées. Arrivée au haut
de la rampe, elle ôta sa légère capeline, et
ses cheveux, aussi pesants, aussi roux que les
épis en juin, lui ruisselèrent sur les épaules,
encadrant son visage au milieu duquel, fraîche
et rouge, la bouche éclatait comme un coque-
licot au milieu des blés mûrs : Inot tout con-
fondu, qui la couvait des yeux bouche bée et
mains jointes, ne l'avait jamais trouvée si jolie.

— Janille, ma Janille, lui dit-il en l'embrassant, on n'a de la vie tracé d'image qui te vaille,
et, s'ils étaient gentils, ceux qui peignent les
murailles au dedans des églises devraient bien
me tirer ton portrait...

Ayant lâché le râteau qu'elle avait sous l'ais-
selle, et posé sur l'herbe des marguerites
blanches et des boutons d'or frais cueillis qu'elle
portait dans son tablier de toile de linon, à son
tour, elle accola son accordé, mais si tristement qu'il craignit que quelque chose de mauvais pour eux ne fût encore survenu depuis la
veille.

— Eh ! qu'as-tu donc, *amiguetto?* interrogea-
t-il, ennuyé.

— Je t'avais promis de venir et me voici,
répondit-elle ; je pense qu'à présent tu ne

croiras plus, méchant, que je ne suis pas franche
et loyale.

— Lorsque j'ai cru cela, j'étais si malheureux,
ma chère, et ce cruel langueyeur m'avait causé
tant de mal !

— Il a pu, vilain, te faire douter un moment
de moi, lui...

— Sa langue est si fine.

— Oui, mais toi, supposer que je suis capable de te trahir, oh ! quel crève-cœur pour
moi, si tu savais, ingrat !

Ce reproche amer fut tout aussitôt corrigé
par un tendre sourire.

— On t'excuse pour cette fois-ci, reprit-elle
en lui prenant les mains et l'attirant doucement
sur son sein ; avance, viens, je ne t'en veux pas
du tout.

Ayant bien entrelacé leurs doigts, ils se
prirent à marcher à travers les lichens et la
bruyère. Unis, ils allaient d'un même essor, et
leurs bras, simultanément balancés, marquaient
l'allure. Pour la première fois, depuis que Guillaume avait quitté Sainte-Livrade, ils se trouvaient seuls, bien seuls. Ils se sentaient, tous
les deux, et tout gênés et tout changés. Une
foule de désirs qu'ils ne connaissaient pas jadis
les assaillaient à chaque instant, et dans leurs
veines courait avec le sang quelque chose d'en-
dormant et de doux. Avec non moins d'effroi

que de plaisir, ils s'entendaient soupirer et ne
savaient trop quelle contenance garder lorsque
leurs bouches qui s'attiraient irrésistiblement
se rencontraient tout à coup. Étonnés et tout
alanguis, sous leurs paupières mi-closes et qui
s'alourdissaient sans cesse davantage, ils
voyaient, non sans trouble, leurs prunelles
noyées en des gouttes limpides qui n'étaient
pas des larmes. Ils ne savaient que se dire, et
ne trouvant même pas de mots pour traduire
ce qu'ils éprouvaient, ils se parlaient du regard
et du geste. Oh ! s'ils n'étaient pas aussi simples, ils étaient aussi timides, et peut-être
encore plus qu'autrefois. A certains moments,
ils avaient peur de ce que réclamaient leurs
doigts, de ce que sollicitaient leurs yeux. Hors
de soi, la même inquiétude amoureuse harce-
lant leurs âmes, ils tremblaient l'un et l'autre
comme la feuille, lorsqu'ils entrèrent en forêt.

Enveloppés de l'éclat du couchant, trouant la
lumière de la cime de leurs fûts rigides comme
des mâts, les arbres offraient à l'œil les teintes
rubescentes des coraux, et semblaient, vus à
distance, avoir la transparence du cristal. La
ramée était pleine de musiques et portait un
monde de chanteurs ; le rossignol y donnait la
réplique à la fauvette ; les verdiers, les linots,
les chardonnerets, les rouges-gorges et les pin-
sons tenaient le chœur, et les moineaux ponc-

tuaient les trilles des solistes. A la pointe de
chaque feuille et de chaque brin d'herbe miroitait et frissonnait un globule de pluie, et l'air
était imbu de moiteurs balsamiques. Écoutant
le bruit de leurs pas et les battements de leur
cœur, les amants avançaient en silence et
voyaient fuir devant eux des perspectives tout
en pourpre et tout en azur aussi profondes que
la nuit. Tête baissée, ils traversaient des massifs
qui leur barraient l'horizon, et lorsqu'ils rele-
vaient le front, ils apercevaient brusquement à
droite, à gauche, en avant, en arrière, à travers
les taillis, des pans de ciel qui semblaient
crouler dans les buées crépusculaires. Elle ouvrait de grands yeux, et lui, heureux de la voir
ravie des choses qu'il aimait, souriait d'aise.
Ouverte aux sensations, et bien à son insu
prédisposée à les goûter toutes, elle cherchait
à s'expliquer et pourquoi les bois ne lui avaient
jamais paru et si larges et si creux, et comment
il se faisait qu'elle fût si fort frappée à présent
de leurs beautés, au milieu desquelles elle était
pour ainsi dire née, et qui jusque-là l'avaient
toujours trouvée ou laissée à peu près indiffé-
rente. Ému non moins qu'elle-même, et parce
qu'elle l'était, et surtout remué de la voir toucher avec attendrissement aux arbres vénérables
auxquels il avait si souvent conté ses tourments et ses joies, son ami la guidait tout

doucement parmi les végétations et s'y frayait
bien vite un passage, la forêt lui étant aussi
familière qu'elle l'est au chevreuil et qu'elle
l'est à l'oiseau. « Prends garde, disait-il en
sondant le sol avec sa cognée, ici, le terrain
manque sous les bromes ; et là, la vase abonde.
Attends ! va doucement, attention ! Défie-
toi des acacias, ils égratignent, les taquins !
Ne passe pas trop près des arbousiers, ils
pleurent et leurs larmes sont poisseuses. » Et
la vierge, dont le trouble augmentait à mesure
que l'ombre se faisait plus épaisse, admirait en
passant les hêtres royaux bien assis dans le sol
et trônant avec tranquillité, les aliziers criblés
de fleurs blanches, les maigres cornouillers, les
houx, les buis, les bouleaux, les peupliers grêles
et droits, les frênes au feuillage d'argent, les
arbres-nains, les noirs pommiers de montagne
écarquillant, tout rachitiques et tout gibbeux,
et tout nabots, leur mille petits bras fourchus
et durs, les ormes poudrés de mousse, les pins
et les mélèzes aux cheveux rêches, les sorbiers
aux têtes pyramidales et touffues, les noueux
et noirs érables, et les sauvages genévriers,
accroupis en groupes, et, seuls entre tous les
arbres déjà fleuris, méditant encore leur florai-
son prochaine.

— Oh ! dit-elle, comme c'est grand et beau,
tout ça !

Le soleil s'éteignait.

Appuyés doucement l'un contre l'autre, ils montèrent la pente d'un vaste mamelon, au sommet duquel bourdonnaient de hautes masses de verdure et d'où s'échappait, rayonnant, tout un réseau de sources plaintives. Ils étaient seuls, tout seuls ; leurs souffles se confondant et leurs doigts se mêlant, ils s'entendaient avec bonheur respirer ensemble, ils prenaient à se toucher un plaisir sans bornes. Autour d'eux mille voix graves et douces bruissaient sous bois, et la nuit qui descendait lentement, très lentement avec son cortège d'étoiles, donnait aux choses cette grandeur auguste et sereine dont les êtres s'émeuvent.

— Tiens !... regarde, dit-il, lorsqu'ils eurent atteint la crête de l'éminence, regarde en bas, à tes pieds, céleste.

— Oh ! fit-elle, quel nid !

En effet, c'était un nid que la Guirlande-des-Chênes, un nid de cent mètres de profondeur, large d'autant. Les bords en étaient habités par les patriarches de la forêt, chênes dix fois séculaires qui lui faisaient en même temps qu'une enceinte tout empanachée, un dôme de feuilles semblable, vu d'en bas, à la voûte d'une cathédrale avec ses arceaux, ses arêtes, ses nervures et ses hauts contre-forts. On y descendait par un talus naturel où les

bûcherons avaient depuis longtemps pratiqué
des marches, et l'on n'en touchait le fond, qui
recevait les racines des grands arbres assis à
l'orifice, qu'après s'être enfoncé dans une mer de
fougères. Tous les oiseaux des bois y peu-
plaient, et la flore forestière y régnait dans
toute sa sauvage splendeur. On était au printemps : le travail de la germination et les
épousailles des oiseaux y avaient lieu conjoin-
tement, tout y parlait mariage : et les branches
qui s'enlaçaient, et les fleurs qui se cherchaient,
penchées sur leurs tiges, et les mousses entr'ouvrant leurs urnes, et le lierre qui se collait
étroitement autour des troncs des chênes, et les
liserons curieux de se poser partout où ils
pouvaient prétendre, et les ronces qui s'alliaient
indissolublement, et les ramiers voyageant par
couples, heureux d'être unis et s'unissant sans
cesse, et les mille parfums des plantes qui se
pénétraient l'un l'autre, et les insectes s'endor-
mant ivres et pâmés dans les calices des fleurs,
et les bourgeons impatients d'éclore, et la rosée féconde comme une semence coulant jusqu'aux matrices de la terre, et la lune elle-
même, enfin, insinuant au plus épais de l'ombre
la caresse invitante et molle de ses rayons, et
sous laquelle s'accomplissait le prodige des
conjonctions universelles.

La blonde, en extase et prise d'une sorte

de vertige, écoutait avec épouvante les végétations fermenter au-dessous d'elle, dans un
gouffre de feuilles et de gramens.

— Approche, petite, dit le brun à voix basse,
allons nous asseoir tous les deux au fond du
trou, sur la sauge.

Elle lui mit les bras autour du cou, et comme
ils dévalaient au doux roucoulement des palombes amoureuses, elle aperçut parmi de hautes
herbes aquatiques un étang qui, sous les premières lueurs émises par les étoiles, luisait
comme un miroir d'étain. Ourlé de nénuphars
et parsemé de glaïeuls, il laissait voir, limpide,
les algues et les plantains se mariant étendus
sur les ouates de son lit. L'eau, que perçaient
de ci de là les glaives courbes de l'iris, réver-
bérait et montrait à rebours des trembles, des
charmes et des aulnes inclinés vers elle, et
l'ombre de chaque arbre réfléchi paraissait avoir
un corps et vivre et frissonner comme l'arbre
lui-même.

— Si tu n'étais pas avec moi, vaillant, dit-
elle, j'aurais peur !

Et ses yeux étaient attirés aux grands chênes
proférant leurs membres au ciel et planant au-
dessus d'elle ainsi qu'une immense couronne.
Lui, qui marchait comme marche dans un
temple le prêtre qui croit y avoir vu Dieu,
s'arrêta. Les gazons, détrempés par les eaux

pluviales, étaient çà et là semés de flaques
obscures ; le sol s'émiettait et fuyait sous les
pieds. Ayant pris sa promise sous les aisselles,
il la porta délicatement et tout rempli de piété,
sur un tertre entouré de roseaux et qui s'élevait
comme un autel entre deux saules. Et les
saules chenus, vêtus de lierre et de mousse et
les bras écartés, ressemblaient autant à des
vases qu'à des candélabres. On entendait dans
leurs troncs, absolument creux, bruire et frémir
on ne sait quoi.

— C'est la sève ! dit Inot, qui se laissa tomber sur les pimprenelles et les marguerites à
côté de l'élue.

Elle lui prit les mains, s'en entoura le cou,
et tous les deux, poitrine contre poitrine, au
milieu du silence et de l'ombre, ils écoutèrent
religieusement les pulsations de leur cœur...

Un grand moment après, Janille, éperdue,
parla la première.

— Dieu ! que nous serions heureux ici, nous
autres, sur cette terre et sous ce ciel ; oh ! quel
dommage qu'on ne veuille pas nous y laisser
établir ensemble !

— Oui, quel dommage ! répéta-t-il avec le
regard de ceux qui remontent péniblement du
rêve à la réalité.

— Quand tu seras parti, tu ne m'oublieras
pas, au moins, toi ?

— Parti !... Que dis-tu ?

— Je te demande si tu m'aimeras toujours,
à l'armée ?

— Toujours, oui, toujours ; ou du moins tant
qu'il y aura des arbres sur la terre et des étoiles
là-haut, je t'aimerai, mienne, je te le jure par
notre Rouma, qui dort, le pauvre ! au fond de
l'eau.

— Je te crois et te fais aussi le même ser-
ment ; aie confiance, et quand tu passeras la
frontière pour camper chez l'ennemi, tu sauras
qu'au pays ta moitié pense à toi sans cesse. Et
moi je me figurerai que tu ne songes pas du
tout à l'Espagnole, à l'Italienne, à l'Allemande,
à l'Anglaise, à la Russe, ni à aucune de ces
étrangères que l'on prétend si belles et si tendres aux Français.

— O mon lys, ô ma fleur, faudra-t-il donc
que je t'abandonne ?

— Hélas ! Seigneur Dieu ! dit-elle, comment
faire autrement ?

— Mais si je m'en vais, si je te quitte, le
chagrin me tuera, bien sûr, avant que je re-
çoive mon congé.

— Tu ne mourras pas, oh ! mourir, je te le
défends ici, moi ! D'ailleurs, vois-tu, je prierai
tant le bon Dieu qu'il te protègera contre le
sabre et le canon des ennemis, et j'attendrai
ton retour.

— Sept ans ?

— Je t'attendrai bien plus longtemps encore, si, par malheur, il le faut ; je te le promets par la Marie tout habillée d'azur et d'or, et blanche !

— Et moins aimable que toi, j'en suis très sûr, quoique je ne l'aie jamais vue, acheva-t-il avec conviction.

— Ne t'emporte point, reprit-elle, je vais te conter une chose qui s'est passée à la maison : Hier, à la vesprée...

— Hier ?

— Oui, hier, après que nous fûmes arrivés de la Foire des Chiens, il y eut une grande explication entre le fourbe et sa sœur. Ils s'entretinrent de ce qui s'était passé dans la journée et de ton courage en face de la bête qui nous avait poursuivis tous les deux. Et dans la soirée, après souper, ils recommencèrent à causer, me croyant endormie. La porte de ma chambre étant ouverte, ils parlaient fort, et je les voyais et les entendais bien. Ils étaient à table, assis vis-à-vis l'un de l'autre, et la veuve de celui que nous perdîmes répétait toujours : « Il n'y a que ce moyen de tirer le bouscassiè de la tête de la petite, c'est le seul. » Et lui finit par dire à la longue : « Tu as raison, Roumanenque, il faut, bon gré mal gré, prendre ce parti ! J'ai l'affaire de la nièce... Un pacant qui a des écus

et qui n'est pas si mal... Avant quinze jours,
si tu veux, notre héritière sera mariée. » Entendant cela, moi, je me levai tout de suite et
me montrai, sans barguigner, à moitié nue,
à mes parents. « Oncle, et vous, mère, leur dis-
je à tous deux, écoutez-moi ; celui que je désire
m'a sauvé la vie deux fois, la première en tuant
un chien enragé qui voulait me mordre ; en ce
temps-là mon pauvre père Rouma vivait encore ;
. la seconde, hier, en terrassant un taureau qui,
sur la route, avait déjà blessé beaucoup de
monde. Ainsi donc, vous en conviendrez, il est
juste que j'épouse celui qui m'aime et que
j'aime aussi ; je suis à lui, ne veux être qu'à
lui ; voilà ! » L'ancienne ne répondit rien à mes
paroles, mais son frère dit : « Tout ça, c'est
des chansons ! Épouse, si tu veux un galérien
monnoyé, mais non pas celui-là qui, misérable
comme Job et même pire, est à *patiras* et n'a
pas le sou. »

— Tonnerre des cieux ! il s'est exprimé de
cette façon ?

— Ainsi.

— Quoi ! cet aspic, cette vipère a sifflé de
la sorte ?

— Ainsi que je te le raconte, sans y changer
rien.

— Il a osé !... Qu'il ne passe jamais, jamais
sur mon chemin !...

— Oh! non, nous devons nous contenter d'a-
voir pitié de lui. Tu ne lui feras aucun mal. Il
est vieux, et puis, c'est l'oncle. D'ailleurs, ne te
dépite pas. A ma mère comme à lui, je résis-
terai quand même et toujours, avec l'aide du
bon Dieu.

— Le bon Dieu! répéta-t-il, lui, dont les
yeux interrogateurs scrutaient en vain de toutes
parts la voûte étoilée du ciel; le bon Dieu, je
ne le connais pas!

— Aie confiance, insista-t-elle, je n'aimerai
jamais que toi seul.

Il y avait de la résolution dans son
accent; une expression intrépide, douloureuse,
dans ses regards, comme si elle allait accomplir un sacrifice. A son cou pendait une petite
médaille de cuivre. Elle la baisa pieusement
et se réfugia davantage entre les bras du préféré qui la sentait frémir et murmurer une
prière.

Le nid était plein de vibrations, d'aromes et
de lueurs. Tout s'étreignait et se caressait au
ciel comme sur terre, et l'air empli de tiédeurs
était comme imprégné d'amour. La nature
entière s'ouvrait avec recueillement aux efforts
du grand Tout et concevait la végétation fu-
ture. Arbres et gazons frissonnaient dans la
nuit. Un souffle immense et doux ondulait à
travers la forêt.

— Oui, je t'aime, dit Janille, qui, défaillante, se faisait toute petite sur le sein de Guillaume, oui, je t'aime !

Il se pencha sur elle, parfumée, et la respira longuement.

— Non, non, je n'ai jamais senti dans les bois une telle fleurette...

Elle sourit. Leurs yeux se touchaient presque. Il était en elle, elle était en lui. Tremblants, ils se regardèrent en admiration et se virent simultanément jusque dans l'âme et jusque dans l'idée.

— Ami, brave ami, dit-elle, ne me regarde pas ainsi.

Sans pouvoir rien répondre, il lui baisa les paupières avec ferveur ; elle voulut et ne put se rejeter en arrière, et sa bouche fut frôlée du frais duvet qui foisonnait aux lèvres de l'époux.

— Sainte Marie ! soupira-t-elle ; oh ! Sainte Marie Virginale !

Une tiède brise abaissa vers l'autel de gramens les grands bras des saules et les longs cheveux des roseaux. Un rossignol chanta. Les hautes herbes embaumaient. Il sortait de l'encens du calice des fleurs. Immaculé comme l'Hostie, le disque de la lune apparut argenté dans le ciel. Au loin, tout au loin, les cloches de quelque église forestière sonnaient la Bénédiction...

« Ils communiaient. »

— Guillen, dit-elle enfin, heureuse et toute honteuse de leur bonheur, Guillen, la lune nous épie.

— Elle peut bien nous épier, nous ne faisons rien de mal.

Ayant baissé la tête, elle eut, cette enfant, dépouillée de sa robe d'innocence, le premier sourire heureux de la femme !

— Que ton cœur bat fort, fit-elle en appuyant une de ses tempes à la poitrine de l'homme, et d'une voix si faible qu'à peine il l'entendit ; écoute, et tu l'ouiras ; il gazouille, il bégaye, il chante.

— Comme le tien, répondit-il de même ; écoute aussi, toi.

— J'entends, oui ! je les entends ; ils se parlent tous deux.

Éperdus, naïfs, ils s'écoutèrent respirer, et quand, joyeux de s'entendre vivre, ils relevèrent le front et se virent auréolés des feux lunaires, ils s'écrièrent ensemble, dans leur ivresse, en joignant les mains :

« Que tu es beau ! »

« Que tu es belle !! »

Et pendant qu'ils s'admiraient l'un l'autre, d'eux-mêmes éblouis, la Guirlande-des-Chênes ondoyant à travers l'éclat de la nuit, semblait

prête à se détacher de l'espace et à descendre
sur leurs fronts, efflorescente et grandiose
couronne conjugale.

« Qu'ils étaient heureux! De même qu'ils
voyaient mutuellement palpiter leur image au
milieu de leurs prunelles, ainsi chacun d'eux
apercevait sa propre joie réfléchie au fond de
l'autre. Et comme ils se comprenaient! Que
de choses ils avaient apprises déjà! Combien
ils en apprenaient encore à chaque instant, et
que ces choses étaient bonnes! Ils osaient
s'étreindre enfin; ils n'avaient plus peur, lui
d'elle, elle de lui, plus peur du tout. A présent, ils étaient braves. Aussi, comme ils se
souriaient en songeant aux jours passés, et avec
quelle confusion malicieuse et charmante ils
détournaient leurs yeux qui disaient : « Autrefois, hier encore, nous ne savions pas! » Ils
savaient aujourd'hui. Qu'il était agréable de
savoir! Et qu'il était bon d'aimer et d'être
aimé! S'aspirant, se pénétrant, se buvant,
ivres d'eux-mêmes, se touchant de l'esprit
comme du corps, ravis autant qu'on peut l'être,
ils ne rêvaient rien de meilleur que la félicité
dont ils avaient l'âme pleine et qui en débordait
à chaque instant. Il n'y avait rien, rien sous
le ciel de si doux que Janille pour Guillaume;

il n'y avait rien, rien de si doux sur la terre
que Guillaume pour Janille ; elle était pour lui
la Reine du monde, et pour elle, il en était le
Roi ! »

— Tu grelottes ; tes mains, tes bras, tes
lèvres sont gelés, est-ce que tu as froid, la
mienne ? dit-il, en la baisant ainsi qu'un dévot
baise une relique.

— Non, répondit-elle subitement rembrunie,
oh ! non, je n'ai pas froid, mais je pense qu'il
se fait tard.

— Tard ! répéta-t-il, en se tâtant le front et
comme s'il cherchait le sens d'un mot absolument inconnu.

— Vois. Les étoiles là-haut, disent l'heure.
Il est très tard... Hélas ! il me faut revenir à la
maison.

— Il ne pouvait pas durer, misère de moi !
notre contentement ! Non, non ! il était trop
fort pour cela !

— Ne te tourmente pas de cette manière ; je
reviendrai souvent ici, tous les jours si je
peux, et si tu veux. Au nom de Dieu, pour
l'amour de moi, je t'en conjure ! ne te fais pas
de la peine.

— Y penses-tu ? Nous quitter, ah ! mais,
y penses-tu ?

— Va ! je donnerais bien tout au monde
pour rester ici.

— Je le sais, je veux le croire et je le crois,
j'en suis sûr, et pourtant... Oh ! que je suis à
plaindre, moi.

— Chéri, ne pleure pas, dit-elle en pleurant
elle-même, je ne veux pas que tu pleures !

— Soit ! plus de larmes ! fit-il avec un immense effort sur lui-même, et puisqu'il le faut,
arrachons-nous d'ici.

L'ayant prise par la main, il l'aida à descendre du tertre pour eux sacré désormais, et tous
deux ensemble, plongeant de nouveau à travers
la verdure, et fuyant tristes dans la lavande et
dans le thym, ils gravirent côte à côte la rampe
intérieure de la Guirlande-des-Chênes. Ensuite,
après avoir retrouvé, lui sa cognée, elle son
râteau, que, de concert, ils avaient déposés au
seuil du nid, ils reprirent à travers bois la
route qu'ils avaient déjà suivie à la tombée de
la nuit. Encore qu'ils allassent très lentement,
et que la lisière de la forêt fût assez éloignée
de la Guirlande-des-Chênes, il leur semblait
pourtant que le chemin était devenu bien
court, et l'amante, ayant le cœur gros, examinait l'amant, qui ne parlait point et marchait à
pas inégaux, absorbé.

— Qu'as-tu, *meou ?* disait elle, angoissée de
temps à autre.

— Rien, répondait-il invariablement, et son visage anxieux s'assombrissait davantage à chaque pas.

Ils venaient de sortir du bois et, tout pâles, tout défaits, ils s'avançaient en silence vers le sentier de la moraine.

— Adieu ! mien, aime-moi, pense à moi, fit-elle en le pressant de toutes ses forces et la gorge grosse de larmes.

Sec et froid, il la repoussa presque avec dureté, disant :

— Tiens-toi !... Je veux t'accompagner jusqu'à la plaine.

« Qu'est-ce qu'il a, mon Dieu ! qu'est-ce qu'il a, le pauvre ? » se demandait-elle affligée et pendant qu'il chancelait et trébuchait au milieu des genêts, en poussant de profonds soupirs.

— Fille, s'écria-t-il au bas du chemin creux, et comme ils passaient devant la haute croix de pierre qui en marque l'issue ; ici, j'en appelle à ton bon sens, comment veux-tu, Fille-femme, que nous nous séparions, nous autres, à présent ?

Elle ne sut que répondre : ces paroles sonnaient sa propre pensée. A ce moment même, elle s'avouait ingénûment que depuis qu'elle s'était donnée à lui et qu'il l'avait possédée, il lui était beaucoup plus cher qu'auparavant et qu'elle ne saurait plus se passer de le voir chaque jour.

— Aller à l'armée ! y rester sept ans ! Je ne le pourrai pas !

Et s'étant laissé tomber au pied d'un bouquet de sureaux, il se lamentait et ne voulait pas être consolé.

— Laisse-moi ; trop belle, laisse-moi, répétait-il sans cesse.

Seigneur Jésus ! ayez pitié ! faisait-elle en élevant au ciel ses mains jointes ; ayez pitié de lui, Seigneur Jésus !

— Écoute, dit-il brusquement, avec on ne sait quoi de farouche dans la voix et de crispé dans le geste ; écoute, mignarde, et peut-être volage, et peut-être vicieuse ! on m'a conté, je ne sais où, que quelquefois ceux qui se quittent en se disant : Au revoir ! ne se retrouvent plus, jamais plus.

— Hélas !

— Oui, l'on enseigne que tantôt c'est l'homme qui oublie son amie et que tantôt c'est la femme qui rêve un autre amant. On m'a prêché cela. Je ne voulais pas y croire. Il paraît tout de même que c'est vrai. Serais-tu de celles qui mentent, toi ?

— Guillen !...

— Janille, Janille, dit-il en promenant sur elle des regards amoureux et cruels, il n'est pas

possible que tu me trahisses, toi ! Je ne peux
supposer que tu sois capable de faire ce qu'ont
fait celles dont on m'a parlé. Vois-tu, princesse,
aussi vrai que je t'aime un millier de fois plus
que moi-même, si tu m'étais infidèle, je te force-
rais à te repentir de me l'avoir été. N'aime jamais
que moi, rose trémière, rien que moi, rien que
moi. Par le lustre de là-haut ! s'il te prenait le
caprice d'être aimable à quelqu'un d'ailleurs ou
d'ici, celui-là, sur mon âme, je le trouverais,
soit la nuit, soit le jour, et je le ferais mourir,
et je tuerais, après lui, son père et sa mère, et
ses parents et ses amis. Eût-il autant d'années
à vivre que le noyer que voici a de fleurs, je
les lui prendrais toutes, toutes jusqu'à la dernière, et ma cognée userait à lui scier le cou,
autant et cent fois plus de temps qu'elle en
met à fendre un fouteau bien dur et bien
vieux. Et toi, dolente souveraine, et toi ! tu
me verrais si malheureux que ma peine te ferait souffrir et que tu me supplierais à genoux
de mater mes souffrances pour adoucir les
tiennes. Mais moi, je me tourmenterais sans
cesse et tu m'entendrais te crier à tout moment :
Gémis de mon malheur et du tien, gémis éternellement, ma reine ; gémis jusqu'à ce que les
arbres, tournés à l'envers, se tiennent debout sur
leurs cimes et montrent leurs racines au soleil !

Blanche comme un cierge, à genoux au milieu de la moraine, Janille n'avait ni souffle ni voix.

— Réponds, enfant de Rouma, ordonna-t-il, il faut que tu répondes.

Elle posa les mains sur son sein et fit signe qu'elle suffoquait.

— On exige que tu parles, et, par le Dieu ! tu parleras.

Il était blême, il la secouait et la meurtrissait d'un bras barbare.

— Que veux-tu que je fasse, le mien ami ? demanda-t-elle enfin, pleine d'obéissance, et que te dire ?

— Ce que tu penses.

— Ah ! tu l'ignores ?

— Oui !

— Je pense, je crois, reprit-elle en le regardant avec idolâtrie, je sais que je préférerais employer à mourir tout le temps que tu resteras à l'armée, plutôt que de lever l'œil sur *un* qui ne fût pas toi ; je pense aussi que je sacrifierais tout de suite les prunelles de mes yeux pour que tu ne te désoles pas ainsi ; je pense encore que je t'aime de tout mon cœur, et que je t'aimerais toujours autant, même si tu me faisais du mal.

— Elle dit qu'elle m'aime, et, si je pars, elle est capable de me trahir, grommelait-il, en toisant le ciel.

— Te trahir, moi! Par la Marie conçue sans
péché, je ne suis pas assez méchante pour
commettre celui-là. Seigneur! Notre-Seigneur!
Quelle misère sans pareille est la mienne! Ne
t'arrache pas les cheveux et ne te roule pas
comme ça, mon ami, sur les sureaux que tu
mords... Je te certifie et te jure, que je t'adore
au point de te donner tout ce que j'ai, si je ne
te l'avais pas donné déjà. Tu ne te rappelles
donc plus? Mon Dieu! il ne se souvient pas
que je l'aime à en perdre l'esprit. Il ne se
souvient pas que je suis sa femme, que je suis
sienne, tout à fait sienne; il ne se souvient de
rien; il se courrouce et pourquoi?... Ne t'irrite
plus. Ami, mon ami, mon bon ami! Oh! comme
tu te lamentes, Guillen. Écoute - moi donc,
écoute-moi, prête-moi, que je les essuie, tes yeux,
tes pauvres jolis yeux qui coulent et qui sai-
gnent. Je t'en prie et t'en supplie, cœur de mon
cœur, entends-moi comme il faut; crois à ce
que je te dis, crois-y, c'est la vérité, la vérité
pure de mon âme : je serai toujours la tienne,
et jamais celle d'un autre.

— Un autre...! '

Il eut un cri sauvage et brandit sa lourde
cognée.

Elle répéta :

— Non, quoiqu'il advienne! non, jamais
celle d'un autre.

31

— Un autre ! Elle a dit un autre ! Elle a pu dire cela.

— Fais de moi ce que tu voudras, le mien ami, je t'aime !

Et comme si elle eût attendu le coup mortel, la gentille plia les genoux, courba la tête et, résignée, mit ses mains en croix sur sa poitrine.

— Ah ! fit-il en reculant épouvanté, les bourreaux n'oseraient !... Aïe ! aïou !... Va-t'en toi ! Ton nom n'est plus *Balento*.

Rejetée avec force, sa hache, en tourbillonnant, s'enfonça jusqu'au manche dans le tronc d'une yeuse.

— Incomparable et sainte beauté dont mon être est rempli, reprit-il bientôt avec une exquise expression de repentir, et tout apaisé, que je suis méchant et que vous êtes bonne, vous !

Elle ne sut que l'embrasser encore, pendant qu'il disait, contrit et pleurant à chaudes larmes :

— Le chagrin de nous quitter m'avait fait perdre la tête, et ma langue remuait malgré moi ; j'étais devenu fou.

— Fou ?

— Tu dois m'en vouloir, petite !

— Oh ! non.

Il sourit et balbutia :

— Quel démon je suis et quel ange elle

est !... Toi, la bonté même, me pardonneras-tu
d'avoir aboli ta gaîté !

— Je n'ai plus de chagrin, dit-elle, tu vois,
je ris.

Il lui baisa les mains avec adoration ; ensuite,
s'étant vite approché de l'yeuse, il en retira
délicatement la cognée qui vibrait encore dans
l'entaille.

— Tu as pitié de l'arbre, et tu prétends que
tu n'as pas bon cœur !

— C'est que l'outil, aiguisé d'hier, coupe
beaucoup, ma chère : il a fendu l'écorce et taillé
dans le vif, il est allé très profond... jusque-là ;
tè, mire.

Elle s'approcha, curieuse de voir, et pendant
qu'elle examinait la blessure de l'yeuse, Lui
qui promenait machinalement ses doigts au
tranchant de la hache, Lui tressaillit jusqu'en
ses fondements : il s'était remémoré tout
à coup les paroles sinistres que la veille, à
l'auberge des *Trois-Poux,* chez Astaruc le Gascon, à La Française, un misérable trafiquant
de chair à canon avait adressées, entre deux
verres de vin, au conscrit trop bien charpenté
pour être mis à la réforme.

— Oh ! bourdonna-t-il entre ses dents serrées,
oui, mais oui !

— Quoi, quoi ?

— Sauvé ! délivré !

— Jésus-Maria !... Qu'as-tu à présent et pourquoi mâches-tu si fort tes lèvres ? oh comme tu frémis ! Eh ! qu'as-tu ? questionna-t-elle, effrayée à nouveau.

— Ne t'inquiète pas, ce n'est rien, répondit-il en s'efforçant en vain à déguiser sa funeste inspiration, et quoiqu'en effet je branle un peu, je pourrais bien encore te reconduire jusqu'à la Borde-Noire, et peut-être même jusqu'à Sainte-Livrade.

Ils sortirent à petits pas de la moraine, témoins de cette crise, et, bientôt après, ils cheminaient entrelacés et pensifs à travers la plaine endormie à cette heure et baignée, en presque toute son étendue, de tièdes et blanches clartés sidérales.

— Eh bien ! parle-moi, continua-t-elle, après un grand moment de silence, on dirait que tu recommences à t'attrister ; ah ça ! pourquoi tes nerfs se crispent-ils, et pourquoi regardes-tu toujours tes doigts ?

— Il le faut ; c'est décidé, murmura-t-il, et bien décidé.

— Décidé ; quoi ?

— Ça !

— Quoi donc !

— On a découvert le moyen, je te jure que je l'ai trouvé.

— Le moyen ?

— Oui, oui.

— Pour l'amour de Christ de Nazareth, explique-toi mieux.

— Eh bien ! sache-le, ma belle : je n'irai pas à l'armée.

— Du tout ?

— Pas du tout.

— Ah !

— Femme, je t'affirme que je ne sortirai pas du pays et que je resterai toute ma vie ici, près de toi.

— Par exemple ! Bien sûr ? Et comment t'y prendras tu pour cela ?

— De la bonne manière : un système infaillible, assurément.

— Tiens !... pour voir, indique-le moi, supplia-t-elle en s'accrochant à lui, toute joyeuse ; expose-moi ça.

— Il convient que j'y réfléchisse encore..., on te le confiera plus tard... demain, oui ; mais aujourd'hui, non, non !

— Ainsi, c'est ton espérance, nous ne nous séparerons point ?

— Telle est ma conviction !

— O Seigneur, Seigneur du ciel ! à nous de vous bénir ! moi je vous remercie et remercie aussi la Madone.

Elle riait et pleurait tout à la fois, et sans en demander plus long, elle l'embrassait à chaque instant, et répétait sans cesse et sur tous les tons avec des grimaces adorables et folles :

— Oh! que je suis contente! Oh! que je suis contente!

Il faisait bien de son mieux pour avoir l'air de partager la joie dont elle était inondée; il lui disait bien des mots tendres et veloutés comme ceux qu'elle inventait; il lui rendait bien caresse pour caresse et baiser pour baiser; il lui serrait doucement les mains, il lui prenait la tête, il lui souriait bien, et pourtant on ne sait quoi de pénible démentait ses sourires; il y avait dans ses regards une amertume qui persistait à les assombrir, quoi qu'il fît pour les rasséréner.

— Adieu, dit-il, en s'arrêtant auprès du tournant de la Borde-Noire, en une traverse aboutissant à la rive droite du Tarn; adieu, la mienne, et dors en paix, cette nuit!

— Hé! tu ne viens pas un peu plus loin avec moi?

— Non, répliqua-t-il soucieux, mille soins me réclament... Te verrai-je demain?

— Oui, peut-être.

— Il faut, à tout prix, que nous nous entretenions de cette affaire...

— A ton gré.

— Je demande que demain soir tu reviennes là-haut.

— Alors, puisque c'est ta volonté et que la femme doit toujours obéissance à son mari, je m'incline.

— Et si la Roumanenque et l'autre tirent sur toi les verroux ?

— Oh ! si l'on m'enferme... Eh bien ! je sortirai tout de même.

— Ainsi, c'est entendu, je compte tout à fait sur toi.

— Tu peux y compter.

— Adieu donc ! Embrasse-moi, encore, encore, encore !...

Et, tout à coup, après l'avoir repoussée, il la reprit à bras-le-corps et la baisa de nouveau, cette fois avec tant de passion, avec tant de furie, que la mignonne, déchirée par de si fougueuses caresses, souffrait et pleurait de son bonheur ; enfin, il s'arracha douloureusement à l'étreinte étroite de celle qu'il aimait par-dessus tout au monde, et remonta vers la forêt, en courant.

— Très-Sainte-Vierge ! se disait Janille, qui bientôt le perdit de vue ; pourquoi s'en va-t-il comme ça si vite ?...

Elle s'assit très perplexe, au bord d'un champ de lin.

« O mon Dieu ! quelque chose le pousse à mal, je le crains. Il m'a parlé bien drôlement, et m'a quitté de même tout à l'heure. Il

tremblait en m'embrassant. Il avait les yeux
troubles et le visage à l'envers. Il était tout
chair-tourné. Qui sait! il a peut-être une
mauvaise idée...

En vain s'opiniâtra-t-elle à conjecturer le
probable, et, sinon le vrai, du moins le possible, elle ne trouva rien qui pût offrir quelque
prise à ses appréhensions, lesquelles ne ces-
saient pas de s'accroître à chaque instant. Elle
avait peur, grand peur; pourquoi? comment?
elle ne savait pas, elle ne pouvait pas savoir,
et néanmoins elle eût juré qu'elle avait raison,
trop raison de s'alarmer à ce point... Absorbée
en ses réflexions, à peine appréciait-elle les
bruits ambiants, et cependant la campagne
était pleine de rumeurs; on entendait quelques
chants de cigales; les raines tapageaient,
juchées sur les ramures où, chaudes sous les
plumes maternelles, pépiaient des nichées de
passereaux et de friquets; les grenouilles coas-
saient à fleur d'eau parmi les marécages;
allègres, des lièvres et des hases jetaient
leur petit cri plaintif et jouaient dans l'herbe
au clair de lune; ici, là, partout, crépitaient
des myriades de grillons; il y en avait autant
qui bruissaient dans le val que d'étoiles lui-
santes à la voûte du ciel.

— *Lou Xoc !* s'écria-t-elle en sursaut, l'oiseau
de malédiction !

Le hibou qu'elle venait d'entendre gémir auprès d'elle, au milieu du feuillage, ulula derechef au faîte d'un châtaignier au front difforme...

« Ah! plus de doute, à présent. Un malheur le ou plutôt les menaçait elle et lui, car ils ne faisaient qu'un, eux deux! Hélas! elle ne s'était pas trompée. Elle n'avait pas eu tort de craindre, hélas! Ses craintes étaient confirmées à présent. Il était en péril, et le péril devait être grand, très grand, puisque l'avertisseur était là voletant et miaulant à gauche, vers le bois. »

— Il arrivera ce que Dieu voudra, dit-elle, je vais le rejoindre!

Elle se leva, courut, vola droit au bocage. A peine ses pieds touchaient-ils à terre, elle avait vraiment des ailes. En cinq minutes, elle fit un kilomètre, en moins de temps un second, et tout aussi vite un troisième. Bientôt elle atteignit la moraine. A chaque coude du sentier et derrière chaque pli du sol, elle croyait apercevoir le fugitif. Elle l'avait dans les yeux. Ici, là, partout, de tous les côtés, elle le distinguait et l'appelait à tue-tête : « Ao-oh! Guillen, ao-oh!... » Hélas! ce n'était pas lui, jamais lui. Vainement se crevait-elle les yeux à s'assurer si quelque ombre humaine ne se profilait pas au milieu des langues de lumière allongées par

les étoiles aux croupes des mamelons; elle ne
discernait rien, rien que les silhouettes mena-
çantes des buissons et des tiges, et la masse
noire et compacte des futaies où semblaient
bruire des harpes éoliennes...

— Comme il a galopé! se disait-elle hors
d'haleine en gravissant les rampes forestières,
je ne le découvre nulle part. Où donc est-il à
présent, où donc? « Ao-oh! Guillen, ao-oh!
Ah! ho! ho! aoh! » Il ne m'entend pas; je
ne le vois pas. Il est trop loin.

En effet, il était loin, déjà loin, sous bois.
Sur le point d'arriver en sa demeure il répétait
sans cesse en se tâtant les bras, les mains, les
doigts :

— Ce moyen est sûr; on l'a pratiqué fort
souvent, ici comme ailleurs. *Une, deux, ça y
est. On croira que tu ne l'as pas fait exprès,
forgeron, et le gouvernement ne te tracassera
pas, et tu n'iras pas à l'armée. Une! deux,
et...* Il avait raison, pardi! bien raison, le
marchand d'hommes!...

Et ce dément trottait, galopait, se frayant un
passage à travers les ronces et par-dessus les
fondrières, escaladant les déclivités d'un terrain mobile et crayeux et qui s'escarpait davantage à chaque pas; il courait tête baissée
devant soi, sans qu'aucun obstacle pût ralentir
sa course. Un bouleau déraciné barrait la pente,

il le franchit. La rampe était coupée çà et là,
par des ravines, il passa outre. Un épais et
sombre fourré s'offrit à lui, tout hérissé d'é-
pines, il s'y jeta violemment. On eût dit un
loup rôdant parmi les taillis, ou bien un san-
glier roulant dans sa bauge. Enfin, après avoir
troué de part en part les broussailles qui lui
cachaient l'horizon, il déboucha, les vêtements
et la peau déchirés, sur un plateau conique où,
gigantesques, des arbres innombrables confon-
daient leurs cimes dans la nue. Il était au
sommet de la Crête-des-Chênes, il était devant
sa cabane...

— Enfin !

... Adossée à des troncs énormes et chenus,
elle avait l'air d'une ruche tapie sous la fron-
daison. Toit de chaume, charpente de branchages à peine équarris, murs de terre, envahis
de mousse et couronnés de saxifrages, deux
fenêtres, l'une au levant, l'autre au ponant, un
seul étage. Le seuil s'enfonçait sous un hangar.
Il y avait là, dans un coin, à droite, appendus
à des pieux, quelques ustensiles de bûcheron :
une masse, plusieurs maillets, une scie, une
romaine, une faux dentée, des serpettes et des
ciseaux d'émondage ; à gauche, des coins de
bois, des piquets épars sur le sol, un sarcloir,
une échelle, une pioche, un hoyau, des pelles,
des bêches, quelques fléaux à battre le blé,

plusieurs faucilles à couper la moisson, une
grande faux entaillée et tout oxydée, une
écobue, un faisceau de perches, une chèvre,
un cul-de-chêne en guise de billot ; enfin, tout
près de la porte, un lit de feuilles où le rêveur
aimait à reposer, la nuit, quand le temps était
beau.

— Courage !...

Ayant pénétré sous le hangar, il y déposa sa
cognée, et s'assit, entre deux piliers, sur la
pierre du seuil.

— Il le faut, dit-il, allons !

Et, tragique, il songea.

La forêt tout entière était plongée dans ce
grand silence nocturne qui courbe l'homme au
recueillement et le remplit d'une vague et religieuse terreur. Rien ne se mouvait, tout était
immobile au faîte ainsi qu'à la racine des
arbres géants alignés dans l'ombre et dont,
parfois, aux clartés stellaires, les fûts tors et
noueux apparaissaient semblables aux colonnes
colossales d'un temple. Aucun brin d'herbe,
aucune feuille n'étaient agités du moindre frisson, et tout vivait cependant, quoique rien ne
donnât signe de vie. On sentait, plutôt qu'on
ne l'entendait, une immense respiration, la-
tente et régulière, qui semblait sortir des entrailles augustes de la terre et s'étendre en
ondes invisibles au sein de l'air. Habitué dès

l'enfance à ce sommeil imposant de la nature, lequel, qu'on soit sur les eaux, à la
cime des montagnes ou dans les solitudes
forestières, attendrit les cœurs les plus durs et
trouble les plus hardis. Inot, dont l'existence
était peut-être intimement liée à celle des
hêtres et des chênes séculaires au milieu desquels il était né, parmi lesquels il avait grandi,
les considérait, intrépide, avec une piété triste,
et, penché vers eux, il écoutait... Entendait-il
bruire en eux l'âme universelle des choses qui
s'y mouvait depuis tant de mille ans et com-
prenait-il cette mystérieuse langue que parlent
les mers, les monts, les bois ?... il joignit les
mains et se prosterna sur le seuil même de sa
hutte. Quand, après une longue et muette
prière, il releva son front qui, docile à l'ordre
d'on ne sait quel Dieu occulte, s'était incliné
vers la terre, les alentours resplendissaient, visi-
tés de la lumière douce des astres, et des buées
odoreuses montaient lentement à travers la
ramure. Ému jusqu'aux larmes, il voyait à la
pointe de chaque branche d'arbre étinceler une
étoile, et chaque étoile semblait un fruit normal
appendu dans le feuillage et qu'une main
humaine eût pu cueillir... Et ce fils de la nature,
ébloui, pleura. Sa forêt natale !... il ne l'avait
jamais vue si glorieuse, si noble, si belle, si
grande ! Avait-elle voulu se montrer à lui telle

quelle, dans sa majesté divine, au moment du
suprême adieu. « Mère, mère, je ne veux pas
te quitter, je veux vivre auprès de toi. » Ce cri
qui lui gonflait la poitrine expira dans sa
bouche. Il s'était remis debout, un tremblement
terrible ébranlait tout son corps ; soudain l'expression respectueuse de ses regards changea. Ce
n'était plus « Amour ! » que disaient ses yeux ;
ils disaient : « Colère ! » et bientôt, ils dirent :
« Haine ! » Il venait de voir, il voyait encore
au milieu d'une éclaircie où frappait en plein
la lune, de vieux arbres qu'on avait abattus la
veille sur l'ordre de la commune ; et les membres épars et tout saignants ainsi que les troncs
mutilés de ces chênes antiques d'où sortait, lui
semblait-il, une sorte de lamentation presque
humaine, pareille à quelque longue plainte
d'agonie, avaient brusquement porté son âme
à des pensées de destruction et de mort. En
proie à leur tyrannie, il s'était rappelé que,
pris un jour de fureur subite contre des bûcherons chargés par l'autorité municipale de détruire un coin de sa forêt chérie, il avait, ne per-
mettant à personne d'y toucher, assailli de ses
propres mains cent rouvres vénérables ; il se
voyait encore par un ciel éclatant, sous une
pluie de branches et de feuilles tombant de
toutes parts autour de lui, cogner, tandis que
l'écho redisait le gémissement lamentable et

prolongé du bois, cogner, à moitié fou de rage
et de douleur, cogner les arbres sacrés, et, sacrilège, plonger *Balento,* sa hache meurtrière
toute ruisselante du sang des ramures, au cœur
des plus hauts et des plus nobles hôtes du
pays. A ces souvenirs de carnage qui réveil-
laient tout ce qu'il y avait encore en lui de
farouche et d'insoumis, il se sentait frémir dans
tout son être, et l'idée de ne pouvoir jamais se
soustraire à l'expatriation dont il était impé-
rieusement menacé le possédant et le poussant,
il allait, cette fois, accomplir un bien plus sanglant sacrifice : avec toute son énergie, avec
toutes ses forces, avec tout son désespoir, il
allait se ruer au milieu de la plus épaisse et
de la plus solitaire des futaies, et là, sabrant
et fauchant, amonceler débris sur débris ; ensuite, il se dresserait au-dessus des victimes im-
molées, et debout au comble d'un immense amas
de branchages auxquels il aurait mis lui-même
le feu, il s'ensevelirait sous les restes fumants
de sa forêt dévorée par les flammes ; et quelques heures plus tard, au soleil levant, les
populations épouvantées des campagnes du
Quercy, attirées sur le lieu du sinistre par la
lueur de l'incendie, chercheraient en vain la
butte verdoyante et magnifique, où, près de la
nue et la veille encore, apparaissaient superbes
et se balançant dans les airs, les colosses prodi-

gieux de la Crête-des-Chênes. Oh! cela valait
mieux, cent fois mieux, que de languir au loin,
sur la terre étrangère, et de s'y éteindre à petit
feu, ainsi qu'agonisent les timides et les
femmes; oui, oh! oui, cette belle mort était
préférable au moyen horrible enseigné par le
marchand d'hommes et, puisqu'enfin il fallait
en finir, autant en finir tout de suite, en suc-
combant comme un brave, comme un homme,
les pieds sur la terre natale, les yeux sur le ciel
natal. « Avec toi, s'écria-t-il en adjurant la
forêt, avec toi, je mourrai, mère; avec toi, je
vais mourir. »

— Et Janille?...

Il retomba, défailli.

« Janille! » Il avait peur de la mort à présent. « Janille!... » Il était lâche, il était vaincu.
« Janille! Janille! » Il voulait vivre; il avait
soif de vivre...

Et tout plein d'elle, empli de cette émotion
incomparable et miraculeuse que ni le soleil,
ni la terre, ni l'eau ne lui avaient jamais
donnée, encore tout palpitant au souvenir de
cette félicité suprême à laquelle la blonde

l'avait initié quelques heures auparavant, et
dont la pensée seule lui causait de si douces
langueurs et de si délicieux vertiges, il en
revint à se dire que pour coexister paisible avec
sa femme aimée et ses bois amis, il n'y avait
réellement qu'un moyen unique, et que c'était
celui qui l'avait déterminé naguère à se séparer si brusquement de son amante au ras
de la Borde-Noire.

— Allons, il le faut ! dit-il une seconde fois
en mesurant le ciel.

La lune, naguère argentée, à présent toute
rouge et voguant dans l'espace, éclairait jusqu'au moindre recoin de la maisonnette. Des
hirondelles, sorties de leurs nids adhérents aux
solives du porche, ricochaient autour de lui,
qui, pâle, ne bougeait pas. Étudiant ses deux
mains l'une après l'autre, il semblait qu'il eût à
choisir l'une d'elles. L'examen fut long, minu-
tieux. Il avait l'air d'hésiter. Enfin, il se dressa,
saisit sa cognée, en éprouva le tranchant, et,
résolu, tranquille, il étendit sa main droite
sur le billot. Un rayon de lune passa sur le
fer de l'outil. Le bouscassiè tressaillit, secoua
son front et dit :

— J'ai froid !

Ses yeux allèrent alternativement de la cognée au billot et du billot à la hache suspendue
en l'air. Muscles et nerfs, tout son corps se

roidit. Au-dessus de sa tête étincelait l'instru-
ment fatal qui ne s'abattait point. Tout à
coup la main condamnée se rétracta. Seul, un
doigt, *celui qui tire la gâchette,* l'index, apparut,
allongé sur le cul de chêne.

— A toi, frappe juste, Balento !

La cognée descendit.

— Couard, dit-il.

Plus fort que sa volonté, l'instinct lui avait
fait retirer un peu le doigt. Le coup, mal
asséné, n'avait emporté que l'ongle. Cela ne
suffisait point... Alors, méthodique et brutal,
il assujettit à l'aide d'une corde son poignet sur
le billot.

— Pour voir, à présent.

La hache remonta, verticale.

— ......!!!

Un cri remplit la Crête-des-Chênes, cri de
désespoir et d'effroi, cri de folie ! Et Janille,
échevelée, en pleurs, en sanglots, la cotte et la
peau déchirées par les ronces, surgit au milieu
du massif, et d'un bond atteignit le seuil de la
cabane.

Trop tard...

Hélas ! c'en était fait !

Inot venait de s'abattre sur un tas de javelles, et, palpitante, tronquée, encore attachée
au cul-de-chêne, sa droite éjaculait des flots de
pourpre.

— Guillen, mon Guillen, Guillen, Guillen, Guillen !

Comme il ne bougeait pas, elle crut qu'il était mort.

— Il s'est assassiné, pécaïre ! au secours ! Il s'est tué !...

— Du calme ! apaise-toi, petite, dit-il en revenant à lui ; ce n'est rien ! à présent, nous ne nous quitterons plus. Ils me laisseront ici, je n'irai pas à l'armée : ils ne me prendront pas comme me voilà ; regarde !

Il montrait sa main...

— Seigneur ! Notre Seigneur ! s'écria-t-elle en le couvrant de baisers et de larmes, tu as osé cela, cela !

— Pour ne pas t'abandonner, j'aurais osé bien davantage.

Elle avait déjà dépouillé sa camisole et la mettait en lambeaux.

— Oh ! mon Dieu ! te faire tant de mal ! disait-elle tout aspergée de sang, en lui bandant la blessure ; quelle plaie ! oh ! mon Dieu ! mon Dieu !... Ton doigt, ton pauvre doigt, je veux le porter moi-même en Terre-Sainte, au cimetière du bienheureux Guillaume, ton patron... Ah ! pour faire cela, malheureux, quel courage il t'a fallu !

— J'ai pensé à toi, reine, et je me suis dit que c'était bien peu de chose que de me ro-

gner un morceau de ma chair pour l'amour de
toi.

— Le mien ami, le bien chéri !... *Moun Angel
et moun Rey* (mon Ange et mon Roi)... Je suis
ta femme !... et si ma mère et le méchant langueyeur viennent ici me chercher, ajouta-t-elle
avec décision, ils s'en retourneront au bord de
la rivière, sans moi.

— Donc, enfin, c'est bien vrai ! dit-il accroché de sa main suppliciée au cou de sa mie, et
de l'autre embrassant la forêt ; je ne déserterai
pas tout ce que j'aime !

Hélas ! il se trompait du tout au tout en
présumant que son cruel sacrifice ne serait pas
suivi d'autres épreuves !...

Arrêté la nuit suivante pendant son sommeil
par une brigade de gendarmerie, il fut, malgré
les larmes et les supplications de sa gardienne,
transporté sur une charrette au Castel-Rial de
Montauban. En prison, il apprit que celui des
bûcherons qu'il avait si bien gourmé jadis était
venu le dénoncer, et qu'il aurait à rendre
compte de son amputation à qui de droit.
Accusé de s'être mutilé volontairement pour
se soustraire à la conscription, il passait, en
effet, quelques jours après devant un conseil

de révision qui le déféra sur-le-champ aux tri-
bunaux criminels. Au parquet on lui fit coup
sur coup subir divers interrogatoires ; aux juges
et greffiers qui lui parlaient de son doigt coupé
avec préméditation, il répondit invariablement
qu'il aimait et voulait revoir la « sienne » : on
ne put jamais lui en tirer davantage. Heureusement pour lui, celle-ci n'avait pas perdu la
tête et n'était pas restée cinq minutes inactive.
Elle avait eu la bonne idée d'aller conter ses
peines à certain tonsuré très original, le même
qui jadis avait baptisé, puis nourri quelque
temps le bâtard à la fiole. Au récit qui lui fut
fait, le pacifique desservant de la paroisse rurale, bien que difficilement accessible à la pitié,
se sentit remué jusqu'aux entrailles. Sans perdre
une minute, en dépit des aigres observations de
sa servante Thècle qui l'appelait en rageant :
« vieux fou, vieux timbré, vieil intrigant, toujours
prêt à se mêler de ce qui ne le regardait pas, »
il sella lui-même son bidet d'Auvergne et partit
au petit trot pour la ville capitale de la pro-
vince. On prétendait et l'on avait bien raison
de prétendre dans les campagnes qu'il avait la
manche fort longue : son voyage au chef-lieu de
Tarn-et-Garonne eut d'assez heureux résultats.
Il vit le préfet du département, il vit le maire
de la ville, il vit le général commandant la
subdivision militaire, lequel était bel et bien

cousin du maréchal de France, ministre de la
guerre et membre du conseil privé du souve-
rain, il vit l'évêque du diocèse, il vit les
RR. PP. Jésuites, directeurs du petit et du
grand séminaire, il vit de très hautes dames,
il vit aussi beaucoup de petit monde, il vit le
diable et son train, et puis, il vit enfin son
filleul tout dépéri dans le fond de sa prison. Il
lui servit des assurances assez consolantes, entr'autres celles-ci que l'affaire marcherait très
vite et que lui, l'inculpé, ne resterait pas, s'il
plaisait à Dieu, encore longtemps enfermé. Cela
dit, il embrassa le prisonnier et revint, toujours au petit trot, vers ses ouailles. Un bien
digne homme, en dépit des fredaines que lui
reprochait sa jalouse gouvernante ; un bon
diable, et son protégé ne tarda pas à s'en
apercevoir. En effet, on instruisit vite la
cause, et comme l'accusé n'avait pas de quoi
se payer un défenseur, on lui nomma un avocat
d'office. Ce que c'est pourtant que de nous ! Le
sort clément dont certain abbé campagnard,
assez serviable, était probablement le vi-
caire, voulut que le choix du tribunal tombât
sur un novice inscrit le dernier au barreau et
l'aîné des fils du commandant de place. On
vantait ses capacités et son goût, il arrivait de
Paris : toute la ville assiégea le Palais de
Justice le jour qu'il s'y fit entendre. En somme,

si les présomptions abondaient, on ne pouvait élever une seule preuve contre le sauvageon, et son dénonciateur, assigné comme témoin, eut beau dire et dire « qu'il avait vu sous bois cette canaille se traînant avec peine et la main droite encore emmaillottée de linges tout trempés de sang, » ce témoignage, au yeux du tribunal, était loin d'établir d'une manière péremptoire la culpabilité du prévenu. Sans doute, le ministère public comprit très bien aussi que les poursuites manquaient de base, car il argua presque avec mollesse et s'appliqua même à disculper celui qu'il était chargé de noircir. On se garda fort de contredire l'orateur, et les juges, en acquittant le pauvre hère, eurent donc la satisfaction de contenter bien des gens à la fois et d'être non seulement très agréables au commandant de place, qui, tout criblé de décorations, assistait, en grand uniforme, aux débuts de sa progéniture, mais encore au jeune défenseur lui-même, ancien élève des Révérends Pères de la Compagnie de Jésus, et qui d'ailleurs avait trouvé pendant sa plaidoirie des accents d'éloquence à ce point entraînants que la chambre tout entière avait éclaté en applaudissements et qu'une jeune paysanne en larmes, et délirante au milieu de l'auditoire, avait voulu franchir la barre et s'élancer vers l'inno-

cent ému comme elle sur le banc des malfai-
teurs, et lui tendant les mains. En entendant
prononcer par le président sa mise en liberté, le
garçon fit un saut terrible de joie et retomba
dans les bras de son amie inconsolable jusqu'à
ce moment et dès lors consolée, et tous deux,
ayant salué le monde qui les environnait, ils
sortirent du palais, se tenant par les doigts à
la manière des amants rustiques. Il avait été
déclaré judiciairement que le conscrit ne s'était
pas endommagé à dessein ; en conséquence, le
lendemain du jugement rendu par le tribunal
de première instance de Montauban, un conseil
de révision tenu dans cette même ville reconnut sans difficultés aucunes le gars impropre
au service militaire et le réforma séance
tenante. O bonheur ! on ne l'enverrait pas aux
pionniers en Afrique ; il n'irait donc point à
l'armée, on ne le priverait plus de sa blonde,
il était libre enfin. Heureux de ce beau dénoû-
ment, ils coururent tous les deux ensemble et
d'une seule traite en annoncer la nouvelle au
titulaire d'une cure rurale. En apprenant de
quelle manière les débats s'étaient terminés, le
vieil ecclésiastique poussa deux soupirs de satisfaction, entra dans sa plus belle soutane, et
s'étant aussitôt remis en selle, il se rendit dare
dare à Sainte-Livrade, chez la Roumanenque ;
elle refusa d'abord et de telle sorte à consentir

au mariage de sa fille avec ce repris de justice !
que, pour l'amener à composition, il fallut
employer mille blandices ; heureusement, le
zélé négociateur avait la langue bien pendue et parlait d'or ; amadouée, la veuve du
passeur obéit si bien aux avis qu'on lui donnait sans compter, qu'un mois plus tard elle
conduisait elle-même sa jouvencelle, tout
habillée de blanc, et la guirlande au front, à
l'église de Saint-Guillaume le Tambourineur, où
l'heureux soupirant, accompagné du vénérable
Andoche Kardaillac qui parlait aux gens du
cortège de la Première et Grande République,
arriva tout habillé de neuf, un bouquet de lys
à la main. Après la messe qui fut dite au son
des cloches branlées à toute volée, les deux
conjoints furent embrassés chaudement par le
jovial « parrain », encore couvert des ornements
sacerdotaux, et puis, étant sortis de la sacristie
en échangeant l'anneau d'or que chacun d'eux
avait autour du doigt, ils durent présider la
fête conjugale. Olivier Pancrace Fonsagrives,
inévitablement pavoisé de sa rouge enseigne et
flanqué de son inséparable *labri* Talabar, était
de la réjouissance aussi, lui ! Sa bourse restait in-
tacte ; il trouvait tout à souhait : « Un dégourdi
tel que toi, brave bouscassiè, que je porte en
mon cœur, bredouillait-il sans cesse en cajolant
le nouvel époux, avait seul la chance de devenir

34

le mari de ma nièce et même mon neveu, parole
de loyal langoyeur !» Et chaque protestation de
cette nature était à l'instant appuyée d'un bon
coup du fameux sirop à M. le curé, car le repas
nuptial eut lieu dans la plus grande pièce de
l'antique presbytère, où, chose fort rare et presque
unique en ce monde, on vit ce jour-là frater-
niser et trinquer avec effusion l'Amour, le Vin,
la Gloire et la Foi. Nopce et festin enfin terminés, Inot et Janille revinrent tous deux seuls
en forêt ; ils y sont, y vivent, y prospèrent :
lui, bûcheronne ; elle, jardine. « Oh ! les amoureux de la Crête-des-Chênes, dit-on dans le
pays, ils respirent et sonnent par la même
bouche, on ne peut pas se mêler davantage ni
mieux, et, par le flambeau des airs ! on jurerait
qu'ils ne font qu'un, elle et lui. »

Moulin de La Lande en Quercy. — 1866.

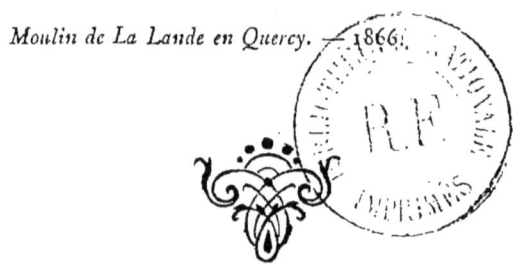

Achevé d'imprimer

le 21 janvier mil huit cent quatre-vingt-un

PAR CHARLES UNSINGER

POUR

ALPHONSE LEMERRE, ÉDITEUR

A PARIS

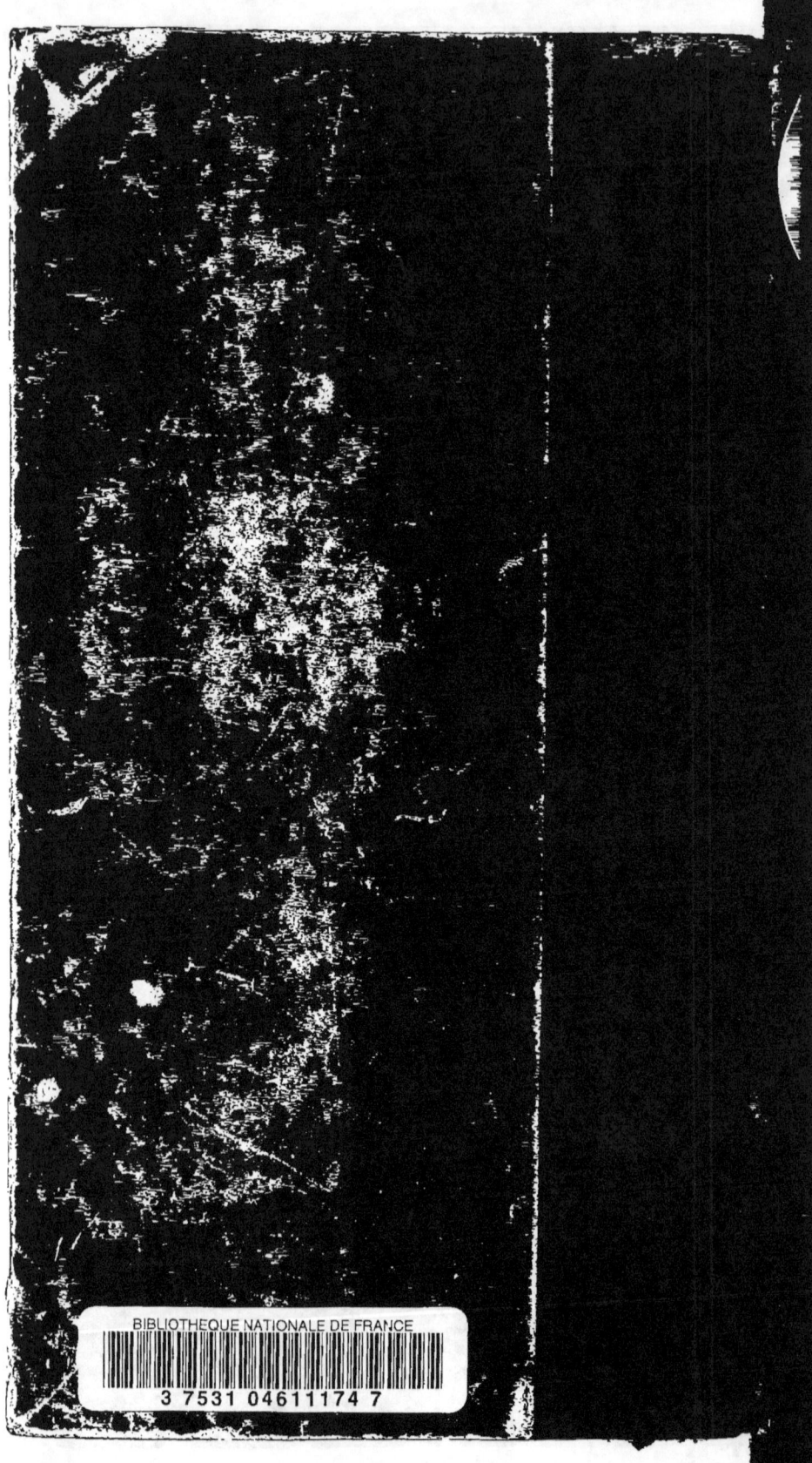